Corium

Mit einer Doppelmoral hat man nur halb so viele Gewissensbisse.

(Ernst Ferstl)

Bärbel Kiy

Corium

Ein Kiel-Krimi

Bibliografische Information der Deutschen Nationalbibliothek
Die Deutsche Nationalbibliothek verzeichnet diese Publikation in der Deutschen
Nationalbibliografie – detaillierte bibliografische Daten sind im Internet über
http://dnb.dnb.de abrufbar.

Vollständige Taschenbuchausgabe
Dieser Titel ist auch als E-Book erschienen.
Neptunikum Verlag
© Bärbel Kiy

Bärbel Kiy 2017
Neptunikum Verlag
ISBN 978-3-945311-14-1
Printed in Germany

Coverbild: Lisa Jakobi
Alle Rechte beim Autor
www.neptunikumverlag.com
9,90 € (D)

Inhalt

Fertig! 7

Meiner … 13

Das Leben kann so normal sein … 16

Der Vorzeigemensch 19

Abhineeti 23

Ungewöhnliche Sammlerleidenschaft 27

Noch eine Leiche 40

Die Geburtsstätte des Bösen 43

Das schmutzige Geschäft mit Blut und Organen 47

Endlose Liebe 53

Mit viel Herz gefertigt 57

Paul Wagenschneider 64

Spurensuche 81

Kein Zweifel! 94

Aufklärung des Falls 13/17-Haut 120

Epilog 126

Danksagung 128

Weitere Werke der Autorin 131

Fertig!

Auf den Tag genau vor einem Jahr, im März 2015, hatte er seinen ersten Stich an dem aufwendig verarbeiteten Kleidungsstück gemacht. In jeder Minute seiner knappen freien Zeit hatte er an seiner alten, robusten Industrienähmaschine gesessen. Vor Jahren hatte er das gute Stück zu Beginn einer Flohmarkt-Open-Air-Saison in der traditionsreichsten Einkaufsstraße Kiels, in der Holstenstraße, durch hartnäckiges zähes Feilschen äußerst günstig erworben. Aufgewühlt schaltete er das kleine Licht der Maschine aus. Seine Jacke war endlich fertig! Ein wohlig warmes Glücksgefühl breitete sich in seinem Körper aus.

Mit großer Geduld hatte er im Laufe der zurückliegenden Jahre seine Schneiderkunst kontinuierlich perfektioniert. Seine fast schon zwanghafte Beharrlichkeit hatte sich ausgezahlt. Heute wiesen seine kreativen Arbeiten eine hohe Qualität auf. Stolz stand er von seinem Nähtisch auf und bewunderte sein fertiges Werk. Er hatte gelernt, dass er nicht ungeduldig werden durfte. Alles braucht seine Zeit. Rom wurde ja auch nicht an einem Tag erbaut!

Er sah auf seine teure Armbanduhr. Es war 21.15 Uhr. *Ach herrje, schon so spät? Wenn ich doch nur mehr Zeit hätte*, ging ihm durch den Kopf. *Die Zeit macht wahrlich nur vor dem Teufel halt.* Ihm wurde bewusst, dass er sich beeilen musste. *Karin wartet bestimmt schon auf mich!*

Schnell ging er zum Telefon, um sich ein Taxi zu rufen. Eine nette weibliche Stimme in der Telefonzentrale ließ ihn wissen, dass der Fahrer binnen zwanzig Minuten bei ihm wäre. Der Mann nickte zufrieden. *Passt.* Schnell ging er ins Badezimmer, um sich kurz zu duschen und umzuziehen. Er trug während seiner Näharbeiten immer einen langärmligen weißen Baumwollschutzanzug. Der Anzug war durch eine spezielle Beschichtung kaum luftdurchlässig. Während des Tragens schwitzte er immer stark und stank anschließend wie ein Iltis. Er nahm diese Unannehmlichkeiten in Kauf. Es wäre zu ärgerlich gewesen, wenn seine Arbeiten während der Fertigung Schaden nehmen würden.

Kaum war er aus der Dusche gestiegen, hatte sich abgetrocknet und umgezogen, klingelte es. *Ah, das wird sicherlich das Taxi sein!* Um sicherzugehen, dass seine Vermutung stimmte, ging er in den Flur Richtung Wohnungseingang. Er musste sich bücken, um den kleinen roten Knopf seiner Gegensprechanlage zu finden. Die Anlage war einst viel zu niedrig angebracht worden.

„Hallo?"

„Guten Abend. Sie haben ein Taxi bestellt?"

„Ja, habe ich. Wo stehen Sie?"

„Direkt vor der Tür."

„Sehr gut! Warten Sie bitte auf mich, ich komme gleich runter."

Der Taxifahrer lächelte. Er hatte schon die Befürchtung gehabt, mal wieder umsonst gefahren zu sein. In dieser Gegend war er schon häufiger zum Einsatz gerufen worden. Zu seinem großen Ärgernis hatte sich dann so manche Anfahrt als Leerfahrt und somit als Schabernack herausgestellt.

Der untersetzte Fahrer trottete behäbig zu seinem Taxi zurück. Er öffnete die Fahrertür, setzte sich auf seinen Sitz und schaltete das Taxameter ein. Der Fahrer nickte zufrieden. *Kann sich ruhig Zeit lassen.* Er ließ das Fahrerfenster einen kleinen Spaltbreit herunter, um für eine ausreichende Frischluftzufuhr zu sorgen.

Das muss reichen. Mittags hatte er Zwiebelsuppe gegessen, und nun – wo sein Verdauungsprozess sich in Gang gesetzt hatte – hatte er erbärmlich stinkende Blähungen. Dem Gestank im Auto nur geringfügig Beachtung schenkend, suchte der Fahrer in seinem Handschuhfach nach seiner blauen Zigarilloschachtel. *Puh, hab ich einen Schmachter!*, ging ihm durch den Kopf. Er fand die Schachtel nicht sofort. *Sag bloß, die habe ich im Büro liegen lassen.* Panik machte sich in ihm breit. Als er sie schließlich doch fand, war er erleichtert. Sein Abend war gerettet. Ungeschickt fingerte er einen Zigarillo aus der Schachtel und zündete ihn sich an. Gierig zog er kräftig und inhalierte genussvoll den Rauch. Er wurde ruhiger.

Während seiner Fahrt hatte er keine Lust verspürt, sich in eine der engen Parklücken rechts oder links der Straße zu zwängen. Seiner Trägheit gehorchend, parkte er in zweiter Reihe auf der Straße, direkt vor dem Hochhaus der anonymen, in den 1970er-Jahren hochgezogenen Hochhaussiedlung. Auf 2,4 Quadratkilometern waren die sich vor ihm auftürmenden Betonklötze seinerzeit in drei Teilabschnitten gebaut worden. Der Taxifahrer stellte seine Rückenlehne leicht schräg und schob sie zurück. Anschließend machte er es sich auf seinem Sitz bequem. Entspannt schaute er dem Treiben auf der Straße zu. Eine Straßenlaterne, die direkt vor dem Hochhaus stand, war defekt. Die LED-Lampen im Inneren der Laterne flackerten mal kurz, mal lang auf. Es schien, als führten sie einen Überlebenskampf. *Wie lange das Ding wohl noch durchhält?*, ging es ihm durch den Kopf, während er erneut mit Genuss an seinem Zigarillo zog seine Augen schloss und tief inhalierte. Er war völlig entspannt. Plötzlicher Lärm schreckte ihn auf. Sein Interesse wurde von einer Gruppe Teenager geweckt. Die Jugendlichen zogen lauthals grölend um einen Häuserblock. *Ich fresse einen Besen, wenn ihr nicht zu tief ins Glas geschaut habt.*

Ihr führt doch bestimmt etwas im Schilde. Der Fahrer legte seine Stirn in Falten und beobachtete das Treiben vor ihm gespannt. Er stellte das Radio an. Es lief Jazzmusik. Als der Radiomoderator ein ihm bekanntes Lied spielte, sang er leise mit. In der Zwischenzeit war die Horde Jugendlicher nicht mehr zu sehen – lediglich ihr Gebrüll war aus der Ferne zu hören.

Der Mann, auf dessen Türschild PAUL WAGENSCHNEIDER stand, sah sich beim Hinausgehen noch einmal prüfend in seiner Wohnung um. *Ja, so geht's.* Er war zufrieden und sich sicher, seine Wohnung sauber zu hinterlassen. Den Arbeitsplatz hatte er aufgeräumt. Seine Nähutensilien hatte er in der oberen Schublade seines trendigen Wohnzimmersideboards verstaut. Auch hatte er noch schnell seinem inneren Reinigungsdrang nachgegeben und die Wohnung gründlich durchgesaugt. Zufrieden trat er aus der Tür und schloss das Sicherheitsschloss zweimal ab. Er schmunzelte. Mit dem Zeigefinger tippte er gegen das Türschild seiner Wohnung. *Gute Nacht, Paul Wagenschneider ... bis bald.* Mit einem Lächeln auf den Lippen, einem Trolley, einem Mantel und einem weißen Schutzanzug in den Händen ging er zu dem gegenüberliegenden Fahrstuhl.

An diesem Abend hatte er keine Lust, sich abzuhetzen und die fünfzehn Etagen des Hochhauses hinunterzulaufen. Der Taxifahrer wartete, und wahrscheinlich lief das Taxameter. An vielen anderen Tagen nahm er die Unannehmlichkeiten der Lage seiner Wohnung sportlich. Immerhin wurde er während seiner Anwesenheit – je nach Wetterlage – mit einem traumhaften Ausblick durch seine Fenster belohnt.

Er hatte Glück ... der Fahrstuhl schien auf ihn zu warten. Er stieg in die leere Kabine. Die Tür schloss sich, und der

Fahrstuhl fuhr ins Erdgeschoss. Als er aus dem Fahrstuhl trat, sah er das Taxi durch die große Scheibe der Eingangstür mitten auf der Straße stehen. *Tja, einparken will eben gelernt sein.* Wolf schmunzelte, da der Fahrer einen relativ großen freien Parkplatz direkt vor der Tür nicht genutzt hatte. Wie immer warf er – im Erdgeschoss angekommen – seinen benutzten Schutzanzug in einen der schwarzen Container vor dem Wohnblock.

Der Taxifahrer fuhr erschrocken auf, als sich die Hintertür seines Taxis öffnete. Er sah in den Rückspiegel und war überrascht. Zum einen hatte er in dieser Siedlung keinen Anzugträger als Fahrgast vermutet, zum anderen war er erleichtert, dass er nicht durch seine Gedankenlosigkeit das Opfer eines Überfalls geworden war. *Mensch, ich bin vielleicht ein Idiot! Wie kann ich nur vergessen, den Wagen zu verriegeln? Hätte auch ganz anders ausgehen können. Wäre ja nicht das erste Mal, dass ein Taxifahrer Opfer eines Überfalls wird.* Die Laune des Fahrers rauschte seinem Tiefpunkt entgegen. *Hat es offensichtlich ganz schön eilig, der Gute. Ich hatte gehofft, dass ich meinen Zigarillo ganz stressfrei aufrauchen kann … und nun? Nichts!* Er hatte sich auf ein deutlich längeres Rauchvergnügen gefreut. Grimmig drückte er den Zigarillo aus. Das Stimmungstief des Taxifahrers spiegelte sich in seinem Gesicht wider.

„Zum Flughafen, bitte", gab sein Fahrgast ihm sein Fahrziel an, während er seinen teuren grauen Kaschmirmantel und seinen Aluminiumhartschalentrolley auf den Rücksitz des Taxis neben sich legte.

Wolf ließ seinen Wagen sowohl während seiner Auslandsreisen als auch während seiner Anwesenheit in seinem „Atelier", wie er seine Wohnung im Hamburger Stadtteil Mümmelmannsberg nannte, immer am Hamburger Flughafen, im Parkhaus P1, stehen. In diesem war er seit Jahren Stammgast. Ein Status, der es ihm ermöglichte, vergünstigt zu parken.

Nachdem der Taxifahrer seinen Schreck überwunden hatte, beobachtete er – während er den Motor startete – seinen Fahrgast im Rückspiegel genauer. Chic und teuer gekleidet, wirkte der Mann an diesem Ort deplatziert auf ihn. *Was macht so einer in dieser Siedlung?*

Sein Fahrgast schien die Musterung nicht zu bemerken. Wenn doch, ließ er sich nichts anmerken. Er wischte und fuchtelte wild auf dem Display seines iPads. Wenige Sekunden später fluchte er leise vor sich hin. Der Bildschirm seines Tablets war eingefroren und reagierte nicht mehr.

Ja, der Mann fiel auf in seinem maßgeschneiderten nachtblauen Anzug, den er mit einem weißen T-Shirt kombiniert hatte. Er verzichtete bei nicht offiziellen Anlässen sehr gerne auf Anzug, Hemd und Krawatte. In seiner Freizeit mochte er es lieber leger. Seinen Anzug wählte er nur zu offiziellen Anlässen. An diesem Abend konnte er allerdings nicht auf seinen Businessdress verzichten … lediglich auf Hemd und Krawatte. Offiziell kam er schließlich von einer Geschäftsreise.

Meiner …

Karin stand in der Küche und räumte den Geschirrspüler ein, als ihr Hund Balu anschlug und aufgeregt zur Tür lief. Neugierig ging sie zum Fenster. Ein Auto kam die steile Auffahrt viel zu schnell hochgefahren. Obwohl die Scheinwerfer des Autos sie blendeten, erkannte sie auf halber Höhe den schwarzen SUV ihres Mannes. *Mein Lieber, die Einstellung deiner Scheinwerfer ist bei Weitem noch verbesserungswürdig,* ging ihr mit einem Schmunzeln durch den Kopf. Eilig räumte sie noch einen Teller in den Geschirrspüler. Sie hörte, wie Wolf seinen schweren Geländewagen in die Garage ihres Hauses fuhr. Begleitet von ihrem fünfjährigen Australian Kelpie huschte sie an die große Eingangstür, um ihren Mann in Empfang zu nehmen. Sie freute sich, ihn nach über einer Woche wieder in die Arme nehmen zu können. Als Wolf den zehn Meter langen, gepflasterten Fußweg von der Garageneinfahrt zum Haus in Richtung Haustür betrat, sprangen sechs Bewegungsmelder nacheinander an. Diese leuchteten ihm hell den Weg. Er wirkte wie ein Model auf dem Catwalk. Mit jedem seiner Schritte wuchs Karins Stolz. *Meiner!*

Sein Trolley ächzte und knatterte laut, als er ihn auf den Pflastersteinen hinter sich herzog.

Wolfs Gesicht hellte sich auf, als er von Karin und seinem Hund an der Haustür empfangen wurde.

„Hallo, mein Schatz, du bist aber heute spät dran. Wie war dein Flug? Wie war deine Dienstreise?" Karin, die wie immer, wenn er seine Rückkehr von einer tagelangen Dienstreise ankündigte, auf ihn wartete, freute sich sichtlich, ihren Mann wiederzusehen.

„Ebenfalls hallo." Wolf lachte sie an. Bei seinem Lachen legte er seine gesunden und strahlend weißen Zähne frei. Er umarmte sie kurz, gab ihr einen flüchtigen Kuss auf die Wange und zog die schwere Eingangstür hinter sich ins Schloss. Keine Sekunde später sprang sein Hund ihn an. Er freute sich, sein Herrchen wiederzusehen, und bettelte um Streicheleinheiten und sein gewohntes Willkommensleckerlie. Wolf brachte ihm von seinen Dienstreisen immer ganz besondere Leckerbissen mit. Liebevoll kam er den Wünschen seines Hundes nach. Erst nachdem sein Hund zufriedengestellt war, nahm er Karin richtig in seine Arme. Verliebt sah er sie an. Gut sah sie aus. Wolf schnupperte an ihrem Haar, an ihrem Hals. Der Australian Kelpie grummelte, jaulte und wimmerte, während er um ihre Beine strich. Er fühlte sich ausgeschlossen.

„Du riechst mal wieder so gut! Karin, wie ich dich vermisst habe!"

Er liebte ihr Parfüm. Seit Jahren benutzte sie schon den Duft „Flowerbomb". Die erste Flasche hatte er ihr vor zehn Jahren zu ihrem fünfundvierzigsten Geburtstag geschenkt.

„Meine Dienstreise war sehr gut! Stell dir vor, ich war nicht nur erfolgreich. Nein, ich war viel mehr! Ich war in Bestform! Meine Verhandlungen mit Bruhler & Bruhler sowie mit Kneist und Partner verliefen grandios!" *So, mein lieber Wolf, nun zeig mal dein schauspielerisches Talent! Karin darf auf keinen Fall misstrauisch werden und merken, dass sie genau diese Verhandlungsergebnisse vor einem Jahr schon einmal von mir gehört hat.* „Beiden konnte ich bei ihren angedachten Fusionen sehr effektiv zur Seite stehen. Mit meinen finanziellen Bewertungen der Unternehmen habe ich ihnen bei ihren Preisverhandlungen alle Daten, Zahlen und Fakten vor Augen geführt." Wolf sah sie mit großen Augen an. Sie lächelte. *Puh! Sie scheint nichts gemerkt zu haben. Sie lächelt. Glück gehabt!*

„War ja auch nicht anders zu erwarten. Wer kann, der kann!"

Karin sah ihren Mann verliebt an, als hätte sie den Hauptgewinn in einer Lotterie gezogen. Gut sah er aus! Er hatte trotz seines Alters nichts von seiner Attraktivität verloren – ganz im Gegenteil. Er sah im Alter viel besser aus als in seiner Jugend. Er hatte ein ebenmäßiges Gesicht, einen durchtrainierten Körper und einen Teint wie leicht geröstete Kaffeebohnen. Sein Haupthaar war immer noch dicht und dunkel – wenn man von ein paar grauen Strähnen absah. Mutter Natur hatte es ausgesprochen gut mit ihm gemeint. Lediglich die Seitenpartien seiner Schläfen schimmerten in einem kecken Grau. In seinen mit Lachfalten umringten tiefblauen Augen konnte sie versinken. Hinzu kamen seine Intelligenz, sein Charme, sein Temperament und sein Esprit. Er war ein ganz besonderer Mensch. Er war ihr Schatz und gehörte ihr ganz alleine! Ein warmes Glücksgefühl durchströmte sie.

Auch Wolfs Herz schlug bei ihrem Anblick schneller. Sein Blut pulsierte. Wortlos nahm er ihre Hand und zog sie ins Schlafzimmer. Sein Trolley und der Hund mussten draußen bleiben. Um beides würde er sich später kümmern. *Sehr viel später,* dachte er mit einem Schmunzeln.

Das Leben kann so normal sein ...

Wolf Schmidt war in der Regel tiefenentspannt. Sowohl beruflich als auch privat hätte es für ihn in den letzten zwei Jahrzehnten nicht besser laufen können. Er war angekommen, war seit vielen Jahren Partner einer großen Unternehmensberatung am Germaniahafen in der Kai-City in Kiel. Das Gebäude, in dem ihr Büro untergebracht war, lag in exklusiver Lage direkt am östlichen Hörnufer. Gleich nach Fertigstellung Anfang 2010 hatten er und seine Mitarbeiter und Kollegen ihre neuen, ganz nach ihren Bedürfnissen eingerichteten Büroräume in den Germania Arkaden – einem Gebäudekomplex am 28 Meter breiten und 130 Meter langen Hafenbecken – bezogen. Der Bürokomplex war mit seinen roten Backsteinen, seiner großen Fensterfront und seiner außergewöhnlichen Architektur während der Fahrt in die Kieler Innenstadt kaum zu übersehen. Imposant lag er schräg gegenüber dem komplett überholten Kieler Hauptbahnhof am Ende der Kieler Förde. Wolfs Büro lag zur Wasserseite hin. Der Ausblick war großartig, besonders an Schönwettertagen oder zur Kieler Woche, wenn Traditions- oder Gastsegler Gäste im Hafenbecken waren. Sein Büro war definitiv ein Premiumarbeitsplatz, vor allen Dingen bei den regelmäßig stattfindenden Veranstaltungen an der Hörn. Die Drachenbootrennen und die Laufveranstaltungen waren allerdings seine ganz besonderen Jahreshighlights.

Fast drei Jahrzehnte war er nun schon mit derselben Frau zusammen. Davon rund fünfundzwanzig Jahre verheiratet. Sie hatten es gemeinsam geschafft, ihre Söhne, sechsundzwanzig und vierundzwanzig Jahre alt, durch die vielen Irrungen und Wirrungen, die das Wachstum und die Pubertät mit sich brachten, zu steuern. Ihre Söhne waren sehr verschieden, und doch hatten beide ihren Weg gefunden. Sie waren ihrer beider ganzer Stolz.

Wolf war ein beliebtes Klubmitglied in einem der ältesten Rotary Clubs Deutschlands. Des Weiteren spielte er im Tennisklub Schönkirchen, in dem er allerdings eher zahlendes als aktives Mitglied war. Und als ob sein Säckchen mit Freizeitaktivitäten nicht schon genug gefüllt wäre, golfte und segelte er auch noch. Er konnte es sich finanziell leisten, seinen teuren Hobbys zu frönen. Seine Neider waren sich einig: Wolf stand auf der Sonnenseite des Lebens.

Im ältesten Golfklub Schleswig-Holsteins, dem Golf-Club Kitzeberg e.V., war er ein gern gesehenes Mitglied. Mit dem Handicap fünf war er ein sehr guter Spieler, der sogar sein konzentriertes Training auf der Driving Range unterbrach, um einem Platznachbarn mit Schwungkorrekturen hilfreich zur Seite zu stehen. Gerne gab er nach einem Golfturnier auf Nachfragen seine Tipps und Tricks an seine Mitspieler weiter. Jedermann freute sich, ihn in seiner Golfgruppe zu haben. Mehr noch, viele Golfer buhlten um ihn.

Seit achtzehn Jahren wohnten er und seine Familie nun schon in ihrer großzügig geschnittenen Villa auf der Sonnenseite der Kieler Förde. Sie lebten, liebten und stritten sich im Nobelvorort Kitzeberg, einer kleinen Kieler Randgemeinde, dem Kreis Plön zugehörig, nur wenige Autominuten von der schleswig-holsteinischen Landeshauptstadt entfernt. Ein Zufall verhalf Karin und Wolf im Frühjahr des Jahres 1998 zu ihrem Traumhaus. Ein großer Kieler Immobilienmakler suchte auf seiner Internetseite einen Käufer für dieses wunderbare Anwesen. Die betagten Eigentümer konnten die große Villa und das parkähnliche Grundstück nicht mehr alleine bewirtschaften. Sie strebten einen schnellen Wechsel in eine Seniorenresidenz an. Schnell wurden sich der Makler, die Eigentümer und Karin und Wolf einig. Ein lang gehegter Traum ging für beide in Erfüllung. Sie hatten im Rahmen ihres Budgets eines der begehrten Objekte mit unverbaubarem Wasserblick, direkt in erster Reihe, ergattern können. Vor ihrem Einzug gab es allerdings noch einiges zu tun. Sie ließen die Villa nach ihren Vorstellungen umbauen. Es wurde ein Wohntraum mit 275 Quadratmetern Wohnfläche, großzügig auf sieben Zimmer, zwei Badezimmer und ein Gäste-WC sowie eine riesige Küche verteilt. Als Sahnehäubchen erfüllte Wolf sich noch seinen Traum von einer Garage für mindestens drei Autos.

Zur Kitzeberger Bucht und zur Hafendampfer-Fährverbindung waren es von seinem Haus lediglich wenige Gehminuten. Beneidet wurden seine Frau und er nicht nur um ihr wunderschönes Haus, sondern auch um die Traumlage, ihren unverbaubaren, freien Blick auf die Kieler Bucht und die unmittelbare Strandnähe. Ihr Grundstück grenzte direkt an den Fördewanderweg. Bei guter Sicht konnten sie aus ihren Panoramafenstern vielen großen Kreuzfahrtschiffen beim Ein- und Auslaufen zusehen. 2017 lag Kiel für viele Kreuzfahrer ganz oben auf der Rankingliste der wichtigsten deutschen Kreuzfahrthäfen. Leider reichte ihre Sicht nicht aus, um den großen Schiffen beim Anlegen im Hafen zuzusehen. Dafür genossen sie den Anblick der teilweise riskanten Manöver der großen und kleinen Segelschiffe. Karin und Wolf versicherten ihren Geschäftsbesuchern sowie ihren Bekannten und Freunden aus aller Herren Länder mit einem Augenzwinkern: „Meine Lieben, ja, wir wohnen sehr schön … aber es ist eine nicht zu widerlegende Tatsache, dass das maritime Klima leider oft genug an den Nerven der Schleswig-Holsteiner zehrt. Eins müsst ihr nämlich über Norddeutschland wissen: Es weht – bis auf wenige Ausnahmen – immer eine steife Brise, und der Friesennerz gehört zur Standardausstattung eines jeden Hundebesitzers und Küstenbewohners."

Der Vorzeigemensch

Wolf Schmidt war bekannt in dem kleinen Kieler Nobelvorort Kitzeberg. Allgemein galt er im Ort als Vorbild für viele junge, zugezogene Familienväter. Trotz seines großen beruflichen Erfolgs blieb er zugänglich und bodenständig. Selbst dem alten Geldadel im Ort fiel er durch seine angenehme Art auf. Man nahm zur Kenntnis, dass er zwar keine große Erbschaft gemacht hatte, aber mit seiner Arbeit ausreichend Geld verdiente, um sich und seiner Familie ein gutes Auskommen zu sichern. Die Frauen beneideten seine Frau um diesen wunderbaren Mann und ganz offensichtlich sehr guten Vater.

„Oh, hallo! Guten Morgen, Herr Schmidt. Sie sind heute aber früh dran. Wir haben ja noch nicht einmal sechs Uhr. Aber schön, dass Sie wieder da sind!", empfing seine Sekretärin ihn freundlich lächelnd, als er das Büro betrat.

„Guten Morgen, Frau Lemberg. Ja, ich bin heute früh dran. Aber Sie sind ja auch schon da." Gekünstelt lächelte Wolf seine Sekretärin an. *Warum sitzt sie eigentlich so früh schon an ihrem Schreibtisch? Ihr Dienst beginnt doch erst um acht Uhr. Ich hatte gehofft, ich wäre um diese Zeit alleine.* Schnellen Schrittes steuerte er sein Büro an. Im Vorbeigehen rief er seiner Sekretärin zu: „Frau Lemberg, bringen Sie mir doch bitte einen Kaffee. Schwarz wie meine Seele!"

„Ich setze gleich einen auf."

Wolf betrat sein Büro. Leise schloss er die Tür hinter sich und ging auf seinen mächtigen Schreibtisch zu. Mit einem Lächeln ließ er sich in seinen in die Jahre gekommenen Lederbürostuhl fallen. Unter seiner Last ächzte er leise auf. Er drehte seinen Stuhl in Richtung Fenster. Die Hörnbrücke wurde gerade aufgeklappt. Interessiert beobachtete Wolf das Segelmanöver einer kleinen Jolle, die unbeholfen in das Hafenbecken einfuhr. Offensichtlich wollte der noch ungeübte Segler so früh am Morgen im Germaniahafen das Manövrieren und Anlegen üben.

Wenn ich doch nur mehr Zeit hätte, dachte er, als er sich einige Minuten später wieder in Richtung Schreibtisch umdrehte, um sich widerwillig der Sichtung seines riesigen Aktenbergs auf seinem Schreibtisch zu widmen. Multitaskingfähig fuhr er parallel seinen Rechner hoch.

Er hatte es bereits vor vielen Jahren geschafft. Als Partner einer Unternehmensberatung hatte er ein strammes Arbeitspensum zu absolvieren und war viel auf Reisen. Wolf war mittlerweile siebenundfünfzig Jahre alt – sein achtundfünfzigster Geburtstag stand im August dieses Jahres bevor. Bereits zwei Mal hatte sein Vorstand ihm in der Vergangenheit angeboten, sich langsam aus dem aktiven Tagesgeschäft zurückzuziehen. Kürzerzutreten. Einen Juniorpartner auf die Rolle des Partners vorzubereiten und lediglich noch als Teilzeitberater zu fungieren.

Das großzügige Angebot, ihn nach seinem achtundfünfzigsten Geburtstag aufs Altenteil zu schicken, wurde seinerseits dankend abgelehnt. Auch der in Aussicht gestellte großzügige Anteilskauf konnte ihm sein Ausscheiden aus dem aktiven Tagesgeschäft nicht schmackhaft machen.

Gedankenversunken surfte Wolf im Internet, als seine Sekretärin sein Büro betrat. Bewaffnet mit einem großen Kaffeebecher und einer Unterschriftenmappe ging sie auf ihn zu. Leise stellte sie den Becher mit dem frisch gebrühten Heißgetränk auf seinem Schreibtisch ab. Er war so sehr in den Bericht im Internet vertieft, dass er sie erst bemerkte, als sie ihn ansprach.

Selbst der köstliche Duft des frisch gebrühten Kaffees hatte ihn nicht erreicht.

„Herr Schmidt, ich benötige ganz dringend mehrere Unterschriften von Ihnen. Ach ja, Herr Meyer aus Schönkirchen wollte von mir wissen, ob es beim Meeting am kommenden Dienstag bleibt, und Herr Möller aus dem Niemannsweg möchte gerne ein persönliches Gespräch mit Ihnen führen. Was soll ich den beiden sagen?"

Wolf zuckte zusammen. Grimmig schaute er von seinem Bildschirm auf. Sein Gesicht hellte sich auf, als er den Kaffeebecher auf seinem Schreibtisch stehen sah.

„Oh, Sie haben an meinen Kaffee gedacht. Danke, das ist lieb. Ich bin hier auch gleich fertig. Bitte lassen Sie mich erst einmal ankommen. Ich rufe Sie, wenn ich fertig bin. Dann setzen wir uns ganz in Ruhe zusammen und besprechen alles."

„Gerne." Seine Sekretärin drehte sich um und ging zur Tür. Wolf grummelte leise vor sich hin. Sie vernahm sein Grummeln und drehte sich noch einmal zu ihm um.

„Ist noch was? Kann ich noch etwas für Sie tun?"

„Nein, vielen Dank, Frau Lemberg, alles in bester Ordnung. Ich war nur in Gedanken."

18.30 Uhr. Wolf machte Feierabend. Er war erschöpft und müde von den vielen Besprechungen mit Kunden und Mitarbeitern. *Hoffentlich hat Karin uns heute Abend nicht verplant*, dachte er, als er sich in sein Auto, das in der Tiefgarage des Gebäudekomplexes stand, setzte.

„Guten Abend, mein Schatz. Du siehst müde aus. War es heute sehr stressig im Büro?" Fragend sah Karin ihren Mann an.

„Ja, es war wie immer – wenn die Katze aus dem Haus ist,

tanzen die Mäuse auf dem Tisch. Ich musste hier und da mal wieder für Ordnung sorgen."

„Das habe ich mir schon gedacht! Es passt dir bestimmt gut, dass ich für heute Abend alles abgesagt habe. Björn wollte eigentlich auf einen Sprung vorbeikommen, um mit dir über irgendein Projekt zu sprechen. Ich habe ihm gesagt, dass er sich in den nächsten Tagen bei dir melden soll. Wir sind alleine. Keine Gäste, keine Besuche bei unseren Freunden und auch kein Gang ins Restaurant. Lediglich den Lieferservice habe ich angerufen. Um 20.15 Uhr – rechtzeitig zur Primetime – wird geliefert! Es gibt Sushi. Was meinst du? Soll ich uns vorher noch die Wanne einlaufen lassen?", fragte Karin verführerisch.

„Hört sich gut an. Ich gehe vorher nur noch eine Runde mit Balu ans Wasser. Ich muss runterkommen. Wenn wir zurück sind, freue ich mich auf ein gemeinsames Bad mit dir. Ich denke, wir werden spätestens in einer Dreiviertelstunde zurück sein."

Dankbar und voller Liebe schaute er Karin an.

Abhineeti

Abhineeti Devi war eine gebürtige Inderin, die einiges in ihrem Leben gesehen und erlebt hatte. Als er sie kennenlernte, war sie Mitte dreißig. Er war neunundvierzig und in Indien bereits seit Jahren richtig durchgestartet.

Fünf Jahre hielt ihre Liaison. Er trug sie auf Händen. Kurzfristig hatte er sogar darüber nachgedacht, sich von seiner Frau scheiden zu lassen – entschied sich letztlich jedoch dagegen. Sie war die Liebe seines Lebens, die Mutter seiner Söhne. Er konnte und wollte sie um nichts in der Welt verlassen. Warum durfte ein Mann nicht zwei Frauen lieben? Seine Frau wusste nichts von Abhineeti – so sollte es auch bleiben! Abhineeti war nur wenige Wochen nachdem sie sich auf dem Hamburger Flughafen kennengelernt hatten, von Frankfurt nach Flensburg gezogen. Sie war Ärztin, Internistin. In Flensburg hatte ein Internist, der in den Ruhestand gehen wollte, in einer Fachzeitschrift für seine gut florierende Praxis einen Nachfolger gesucht. Abhineeti hatte sich beworben und den Zuschlag bekommen. Sie wollte ihm nahe sein. Das war sie ihm in seiner knappen Freizeit auch. Doch Abhineeti wollte sich im Laufe der Zeit nicht mit der Rolle der Nebenfrau zufriedengeben. Sie wollte mehr! Sie wollte ihn ganz! Ganz für sich alleine! Als sie seiner Frau von ihrem Verhältnis berichten wollte, zog er die Notbremse.

Er bestellte Abhineeti in seine Wohnung am Schrevenpark. Er hatte die Wohnung einst als Anlageobjekt gekauft und vermietet. Nach dem Auszug seiner Mieter nutzte er sie als Liebesnest. In der charmanten 3-Zimmer-Wohnung – die im zweiten Obergeschoss eines Jugendstilhauses wunderschön im Grünen und doch am

Puls der Stadt Kiel in der Goethestraße lag – trafen Abhineeti und er sich in unregelmäßigen Abständen. Oft joggten sie vor oder nach ihrem Stelldichein gemeinsam durch den Park. An diesem Tag allerdings war ihm nicht nach Nettigkeiten zumute. Er war angespannt und wartete auf Abhineeti. Telefonisch hatte er sie zwei Tage zuvor um eine Aussprache gebeten. Als es klingelte, sprang er kerzengerade von seiner weißen Ledercouch auf, ging den langen Flur entlang bis zur Wohnungstür und drückte den großen Knopf des Türöffners neben der Sprechanlage. Die Gegensprechanlage betätigte er nicht. Er erwartete keinen weiteren Besuch – nur Abhineeti. Wenige Sekunden später hörte er ihre Absätze auf dem Holzboden des Treppenhauses klackern. Er öffnete die Eingangstür einen Spaltbreit und begab sich wieder ins Wohnzimmer.

Er stand am Fenster und sah den Eichhörnchen bei der Futtersuche zu. Er hörte, dass Abhineeti die Wohnungstür nach ihrem Eintritt hinter sich ins Schloss fallen ließ. Hörte, dass sie ihn rief.

„Ich bin im Wohnzimmer", antwortete er ihr, ohne sich umzudrehen.

Er sah weiterhin aus dem Fenster in den Park. Nur wenige Sekunden später spürte er ihre Anwesenheit im Zimmer. Als Abhineeti an ihn herantrat und ihn von hinten sanft umarmte, befreite er sich aus ihrer Umarmung.

„Wir müssen reden."

Er wollte sie bitten, ihr Handeln gut zu überdenken. Er hatte sie an dem besagten Abend nur zur Einsicht bringen wollen. Wollte, dass sie aufhörte, ihn anzuschreien. Wollte, dass sie aufhörte, auf ihn einzuschlagen. Er versuchte es mit guten Worten. Nahm sie in seine Arme, streichelte ihr über die Haare, den Rücken, alles vergebens. Nach ihrer Verweigerung lief alles aus dem Ruder. Plötzlich konnte er sich nicht mehr kontrollieren. Er legte ihr seine Hände um den Hals und drückte zu. Zunächst nur so fest, dass er sie mit seinem Griff am Schreien hinderte. Er sah in ihre Augen, sah ihren ungläubigen Blick, sah, wie ihr Blick sich wandelte. Sah ihre Verzweiflung, ihre Panik. Sie wollte seinen festen Griff von ihrem Hals lösen. Doch mit jedem Versuch, sich aus seiner Umklammerung zu lösen, erreichte sie das Gegenteil. Sein Druck wurde immer stärker. Er drückte immer fester zu. Es war schwerer, als er sich vorgestellt hatte. Er drückte so lange zu, bis sie sich nicht mehr wehrte und keinen Laut mehr von sich gab. Erst etliche Minuten später sackte ihr Körper kraftlos in sich zusammen. Er ließ sie los. Sie fiel zu Boden. Er bückte sich über sie. Sie atmete nicht mehr. Als er sie kraftlos am Boden liegen sah, so wunderschön – auch noch im Tod –, wusste er, dass er sie nicht für immer gehen lassen konnte. Er wollte einen Teil ihres Körpers behalten. Schon immer war er von ihren graziösen Oberschenkeln fasziniert gewesen. So lag es für ihn nahe, dass er sich der Haut ihrer Oberschenkel bediente. Er dachte an seine besondere Leidenschaft. Ein anzügliches Lächeln huschte über sein Gesicht.

Er entsorgte Abhineetis Leiche am frühen Morgen des darauffolgenden Tages – an einem schönen Sommertag des Jahres 2009 – in einem kleinen Waldstück abseits eines Rastplatzes an der A7 in Richtung Flensburg.

Er hatte keine Tötungsabsicht gegen Abhineeti gehegt! Nein, er hatte sie definitiv nicht töten wollen, hatte nicht einmal im Traum daran gedacht – allerdings verspürte er nach seiner Tat ein inneres Feuerwerk. Ein Hochgefühl, das zuvor noch keine ihm bekannte Droge in ihm ausgelöst hatte. Wochenlang fühlte er sich kreativer und aufnahmefähiger als jemals zuvor.

Abhineeti war sein erstes Opfer, zu dem er einen persönlichen Bezug hatte. Was ihm Angst einflößte, war, dass die Tötung Abhineetis in ihm einen Kick freisetzte, den er nie zuvor in seinem Leben verspürt hatte.

Wochen später saß er in seinem Atelier an seiner Industrienähmaschine und fertigte einen neuen Polsterbezug für seinen Lieblingsstuhl. Schwierig war es. Die beiden Häute wollten nicht richtig zusammenpassen. Er hatte sich schon seit Tagen auf die Fertigung seines neuen Sitzpolsters gefreut! Seine Schnittvorlage war korrekt. Die Maschine war frisch überholt und lief wie geschmiert. Es musste an den Häuten liegen. Die beiden Häute waren offensichtlich nach dem Gerben eingelaufen oder hatten sich verzogen. Er schnaufte wütend. So hatte er sich seine Arbeit nicht vorgestellt!

Ungewöhnliche Sammlerleidenschaft

Einige Monate gingen ins Land, bis im Fernsehen im „Schleswig-Holstein Magazin" sowie in der „Tagesschau" über grausame Funde gehäuteter Leichen berichtet wurde. Karin deckte gerade den Abendbrottisch, als der Bericht ausgestrahlt wurde.

„Nein! So was darf ja wohl nicht wahr sein! Wolf, komm schnell, guck dir das mal an! Es wurden gehäutete Leichen bei uns in Schleswig-Holstein gefunden. Eine männliche Wasserleiche in Kiel und eine Frauenleiche in der Nähe der A7, Richtung Flensburg, in einem kleinen Waldstück in der Nähe eines Rastplatzes. Ein Hundebesitzer hatte seinen Hund in dem Waldstück ausgeführt, als dieser aufgeregt anschlug. Der arme Hund hat die stark verweste Frauenleiche gefunden. Der männlichen Wasserleiche aus Kiel fehlt ein großer Teil seiner Haut auf dem Rücken und der Frauenleiche die Haut beider Oberschenkel. Igitt!"

Wolf ließ eine seiner Akten, die er mit nach Hause genommen hatte, auf seinen Schreibtisch fallen und eilte schnell aus seinem Arbeitszimmer ins Esszimmer zu Karin.

„Der Frauenleiche fehlt ein Stück vom Rücken?"

„Nein, ihr nicht! Wolf, du musst dringend zum Ohrenarzt! Mir ist schon einige Male aufgefallen, dass du schlecht hörst. Wie dem auch sei ... der Wasserleiche fehlt ein riesiges Stück Haut vom Rücken. Wie sie sagten, soll sie schon eine ganze Zeit im Wasser gelegen haben, bevor sie von einem Touristen in der Innenstadt, am Fähranleger ‚Bahnhof', gesichtet wurde."

„Woher wissen sie das?"

„Leichenwachs soll ihre äußeren Umrisse wie ein Panzer konserviert haben. Na, wie dem auch sei ... gezeigt haben sie die Leichen natürlich nicht! Sie haben die Gesichter der Toten rekonstruiert, und diese rekonstruierten Bilder haben sie – mit dem Aufruf, sich zu melden, wenn sie einem bekannt vorkommen – kurz gezeigt. Gruselig, sag ich dir. Zum jetzigen Zeitpunkt werden aus ermittlungstechnischen Gründen keine Angaben zu den genauen Todesursachen gemacht. Warum stehst du eigentlich in der Tür? Setz dich bitte, wir wollen gleich essen."

„Was für eine Schweinerei! Hat die Polizei Anhaltspunkte? Sind die Fundorte auch die Tatorte?"

„Du kannst Fragen stellen! In dem Bericht wurde nur das gesagt, was ich dir schon erzählt habe, sonst nichts. Sie tappen derzeit völlig im Dunkeln. Hörst du mir eigentlich zu? Wo bist du mit deinen Gedanken? Die Beamten der Mordkommission bitten die Anwohner um Mithilfe. Sie suchen Augenzeugen. Es wurde gesagt, dass jeder Hinweis wichtig sein und zur Lösung der Fälle beitragen kann."

„Na, wollen wir hoffen, dass sich viele melden und sie die oder den Täter schnell fassen!"

„Ja, dann würden sich die Kieler beziehungsweise die Schleswig-Holsteiner bestimmt wohler fühlen. Möchtest du auch ein Glas Wein haben? Du, den habe ich aus der Holtenauer Straße. Der Einkaufsmarkt liegt gleich bei Kathrin um die Ecke. Nach dem Besuch bei ihr bin ich schnell noch mal durch den Laden gehuscht. Und weißt du was? Als ich völlig ratlos und mit dem riesigen Angebot komplett überfordert vor dem Weinregal stand, hat mich der Filialleiter höchstpersönlich gerettet und mir den guten Tropfen wärmstens empfohlen. Recht hat er! 2014er Merlot. Kommt aus Israel. Schmeckt kräftig und würzig. Richtig lecker."

„Na, wenn du den Wein so anpreist, gerne!", schmunzelte Wolf.

Karin schenkte ihm ein Glas Rotwein ein.

„Hm, wirklich lecker!" Er war tief in Gedanken versunken. „Sagte ich doch. Magst du auch von der Lasagne probieren? Ich habe sie heute mal ein bisschen anders zubereitet. Hallo Wolf, bist du noch bei mir? Erde an Wolf …"

Wolf hörte zwar Karins an ihn gerichtete Worte – war jedoch gedanklich weit weg. Beide Leichen – sowohl die Frauenleiche als auch die Wasserleiche – waren ihm bestens bekannt. Die männliche Wasserleiche war ein junger Student aus Kuba. Diesem war es dank eines Stipendiums möglich gewesen, sich für den Masterstudiengang im Fachbereich Medien an der Fachhochschule Kiel zu immatrikulieren. Wie er ihm während eines Treffens verriet, hatte er sich kurz nach seiner Ankunft in Kiel in eine Kommilitonin verliebt. Leider blieb die Liebe seitens seiner Freundin nach kurzer Zeit auf der Strecke. Geblieben war eine platonische Freundschaft. Zu wenig für den feurigen Kubaner. Nachdem die Liebe verflogen war, war er so verzweifelt, dass er seinem Leben auf eine äußerst skurrile Art und Weise ein Ende setzen wollte.

Mensch, ja, ich erinnere mich gut, fast als wäre es gestern gewesen, obwohl es schon einige Zeit zurückliegt. Immer auf der Suche nach schönen Häuten, kann ich mich noch gut an die Opferdarbietung des Studenten erinnern. Nachdem ich das Darknet für mich entdeckt hatte, war ich auf ihn gestoßen. Tja, das Darknet. Fluch und Segen zugleich. Einst von der US-Regierung installiert, um die Anonymität ihrer Agenten zu schützen, wurde es zum Werkzeug von Freidenkern und Journalisten weltweit. Kurze Zeit später lockte es allerdings auch Kriminelle an. Ja, das Darknet hat wohl heute nichts mehr mit den Anfängen zu tun. Im Laufe der Jahre hat es sich – sehr zu meinem Glück – zu einem virtuellen Marktplatz entwickelt, auf dem schon lange keine Sonntagsspaziergänge mehr stattfinden. Die jeweiligen Teilnehmer stellen ihre Verbindungen untereinander manuell her. Interessierte User fol-

gen entweder einer Einladung in für sie interessante Foren oder sie erbitten eine Zulassung. Mittlerweile ist das Darknet ein Ort für dunkle Machenschaften. Lediglich über spezielle Webportale und Suchmaschinen ist es erreichbar. Soweit mir bekannt ist, nutzen es weltweit täglich schon mehrere Millionen User. Das Darknet – ein Ort, der die schlimmsten Befürchtungen vieler Menschen übertrifft und einem neugierigen, unbedarften User bei schwacher Konstitution den Schlaf rauben kann. Es ist ein gefühlt rechtsfreier Raum, in dem sich Kannibalen zum Fressen und Opfer zum Gefressenwerden verabreden. Ein Ort, in dem Pädophile ungestört Datentransfers betreiben können. Ein Ort, in dem fast alle – selbst die dunkelsten – Gewaltfantasien in speziellen Foren ausgelebt werden können, in dem Drogen- und Waffenhändler illegal ihre Geschäfte abwickeln können. Alejandro forderte als Zahlungsmittel die mir bis dahin unbekannte digitale Währung Bitcoin. Zu meinem Glück hat das Darknet bis heute nur ein Ziel: absolute Anonymität!

Um in diesem Netz verdeckt auf die Suche gehen zu können, habe ich mir extra den kostenfreien, speziellen Tor-Browser heruntergeladen. Mit diesem kann ich nun auf jeden Fall abseits aller bekannten Suchmaschinen unerkannt auf für mich interessanten Seiten surfen. Ich erinnere mich an den Abend, als es so weit war. Es war wie das erste Mal! Nervös war ich. In einem Selbstmordforum bin ich gleich auf Alejandro aufmerksam geworden. Na ja, war ja auch nicht schwer, Alejandro bot sich mit einem devot verfassten Text sowie mit diversen Nacktfotos gleich in zwei Foren an. Zum einen rief er im Selbstmordforum Interessierte auf, ihn zu Tode zu foltern, und gleichzeitig fand ich seinen Text mitsamt den Fotos auch noch im Kannibalenforum, in dem er sich Interessierten zum Verzehr anbot. O ja, ich war interessiert! Allerdings nicht an seinem Körper, sondern lediglich an seiner Haut. Vielmehr an einer großen Hautfläche seines Rückens, die von einem riesigen Tattoo bedeckt wurde. Zur besseren Begutachtung des Tattoos forderte ich diverse Ganzkörperfotos an. *Die Transaktion dauerte allerdings eine ziemlich lange Zeit – dann hatte ich endlich die gewünschten Nacktaufnahmen auf meinem Rechner. Die Bilder zeigten Alejandro in verschiedenen Posen. Eine Großaufnahme seines Rückentattoos hatte es mir besonders angetan. Ich war sofort hin und weg. Angeblich zeigte es eine Schatzkarte des immer noch verschollenen Schatzes von Lima. Unter meinem Nicknamen „scrub raven" nahm ich damals Kontakt zu ihm auf. In dem Gespräch signalisierte ich Alejandro, nicht an ihm als Nahrung und auch sonst nicht an seinem Körper, sondern lediglich an seinem Tattoo interessiert zu sein. Er war verwundert, dennoch hatte ich zu meinem Glück sein Interesse geweckt, und er stimmte einem persönlichen Kennenlernen zu. Als wir im Mailkontakt herausfanden, dass wir beide aus Kiel beziehungsweise aus dem Kieler Umland kamen, schlug Alejandro als Treffpunkt ein mexikanisches Restaurant vor, das über viele Jahrzehnte etablierte und über die Stadtgrenzen hinaus bekannte „El Paso", in einem Eckhaus am Anfang des Kleinen Kuhbergs gelegen. Ich stimmte dem Treffen zu.*

Lediglich eine Woche später war es dann so weit. In der Kieler Innenstadt kam es bei schönstem Wetter zu dem von mir ersehnten Treffen. Alejandro und ich fielen im gut besuchten Lokal nicht weiter auf.

Ich erinnere mich noch gut, dass auch viele Gäste das schöne Wetter ausnutzten und auf den gemütlichen Korbstühlen vor dem Lokal saßen. Einige relaxten sogar in den aufgestellten Strandkörben. Sie genossen sonnenhungrig die ersten warmen Sonnenstrahlen. Der junge Kubaner sprach ein akzeptables Deutsch. Ich spreche ein gutes Spanisch. Sprachbarrieren gab es keine. Ich konnte ihn zum Glück endgültig von seiner wahnsinnigen Idee, einem anderen Menschen als Nahrung dienen zu wollen oder sich zu Tode foltern zu lassen, abbringen. Ich bot ihm eine lukrative Alternative. Für das Entfernen seines Rückentattoos wollte ich ihm 100.000 Euro in bar geben. Sehr viel Geld für einen jungen Kubaner aus einem Slum Havannas.

Alejandro überlegte nicht lange und verkaufte mir sein Tattoo. Nur einen Tag später setzte ich einen wasserdichten Vertrag auf. Wir verabredeten uns noch in derselben Woche zur Unterzeichnung im Restaurant „ALTE MÜHLE", ganz idyllisch an der denkmalgeschützten alten Schwentinebrücke mit Blick auf das Schwentineufer gelegen. Das Restaurant liegt nur wenige Gehminuten von dem Anlegeplatz meiner Segeljacht entfernt. War ein Katzensprung. Wiederum schien bei unserem Treffen die Sonne. Wir fanden auf der schön angelegten Terrasse an einem gerade frei gewordenen Tisch einen Platz. Es schien, als würde unsere Transaktion unter einem guten Stern stehen.

Eigentlich wollte ich das Tattoo nicht sofort haben. Hätte gut warten können. Allerdings wollte ich mir den Anspruch an dem Tattoo sichern. Ich hielt vertraglich fest, dass ich das Tattoo nach Alejandros Tod erhalten würde. Doch es kam anders. Alejando drängte mich lediglich eine Woche nach der Vertragsunterzeichnung, ihm sein Tattoo bereits zu Lebzeiten abzunehmen. Baldmöglichst wollte er es loswerden. Geld konnte nicht der Grund sein – dieses hatte ich ihm nämlich gleich nachdem die Tinte auf dem Vertrag getrocknet war, in bar ausgehändigt. Es war seltsam. Es konnte ihm gar nicht schnell genug gehen. Angeblich hatte er Angst, dass er durch seine Offensive im Darknet einem Schatzjäger zum Opfer fallen würde. Einige Wochen später war es dann endlich so weit! Das Tattoo durfte auf keinen Fall Schaden nehmen. Ist ja immerhin ein wertvolles Sammlerstück! Ich überredete ihn, sich das Rückentattoo von Chirurgenhänden entfernen zu lassen. Leider gab es ein Problem. Alejandro war nicht krankenversichert. Nur aus diesem Grund musste mein guter alter Freund Walter, früher Chirurg, herhalten. Ich nahm an, dass er der Richtige für diese Operation wäre. Immerhin war er vor seiner Erkrankung mal Unfallchirurg gewesen. Nach einigem Hin und Her stimmte er dem Eingriff in seinem Haus zu.

Walter klärte Alejandro am Tag des Eingriffs noch einmal über alle Risiken auf – Alejandro ließ sich allerdings nicht von seinem Entschluss abbringen. So kam es, wie es kommen sollte. Für unser Vorhaben hatte Walter in seinem Keller einen Raum hergerichtet. Dieser war nicht ausreichend steril. Aber hatte ich eine Wahl? So wurde das Tattoo unter widrigen Umständen von Walter entfernt. Nach dem Eingriff – der tatsächlich Stunden dauerte – habe ich den frisch operierten Alejandro auf eigenen Wunsch zurück in seine Wohnung gefahren. Aus heutiger Sicht war das grob fahrlässig. Aber Alejandro wollte ja nicht bei Walter bleiben. Die Wunde entzündete sich. Eine Wundinfektion machte sich in seinem Körper breit. Er verweste am lebendigen Leib und starb schließlich – trotz einer Wundrevision und einer Antibiotikagabe – an einer Sepsis. Obwohl ich ihn täglich besuchte, ihn sogar betreute, konnte ich nichts für ihn tun. Allerdings hatte ich gehofft, dass Walter ihm helfen konnte. Der kam ja zum Glück jeden Abend, um die infizierte Wunde zu versorgen. Hat aber alles nichts geholfen. Vielleicht wollte Alejandro ja auch einfach nicht mehr leben. Wer weiß … Vielleicht fehlte ihm am Ende doch der Lebensmut, und er hatte sich aufgegeben.

Um seine Leiche abzutransportieren, hatte ich mir einen Tag später unter falschem Namen einen dunkelblauen Kombi bei einer Kieler Autovermietung gemietet. Diese war mir auf dem Weg zur Arbeit schon einige Male durch ihre provokante Werbung aufgefallen. Zu meinem Glück musste ich dem Mitarbeiter nicht meinen Ausweis vorlegen. Ihm genügte ein Führerschein. Mein vorgelegter Führerschein war ein alter grauer Papierführerschein, den ich zuvor ohne Weiteres gefälscht hatte. Dem Internet sei Dank!

Ich war damals früh unterwegs. Es muss so gegen vier Uhr gewesen sein. Karin schlief noch tief und fest. Sicherheitshalber hatte ich ihr einen Zettel auf den Küchentresen gelegt. Ich hatte ihr aufge-

schrieben, dass ich an die Uferpromenade, die Kiellinie, gefahren sei, um an den Bootshäusern, Rudervereinen, Kanuten und Seglern vorbei in den neuen Tag hineinzulaufen. Auf dem Rückweg, schrieb ich ihr, würde ich über Schönkirchen fahren, um von der Konditorei und Bäckerei Heinz die weltbesten Brötchen zum Frühstück mitzubringen.

Wolf holte tief Luft. Er fuhr damals nicht zum Laufen. Er fuhr zwar nach Kiel – aber zum Eichhof. Dort wartete der dunkelblaue Kombi, den er einen Tag zuvor angemietet und in der Nähe des Parkfriedhofs abgestellt hatte, auf seinen Einsatz. Ihm war es wichtig, keinen Bezug zum Kieler Ostufer herzustellen.

Der Student war schwerer, als er erwartet hatte. Er erinnerte sich, dass in ihm der Gedanke aufkam, wie ein so kleiner, zarter Mann so schwer sein konnte. Er ächzte unter der Last. Ihm traten damals nicht nur Schweißperlen auf die Stirn. Nein, er war richtig nass geschwitzt. Die Erinnerung an seine nasse Kleidung kam in ihm hoch. Er fröstelte. Wie er es in Filmen gesehen hatte, hatte er den Studenten in einen eigens für diesen Zweck – in einem Baumarkt in Schwentinental – gekauften Teppich eingerollt. Diese Art des Abtransports schien ihm am wenigsten Aufsehen zu erregen. In Kiel-Dietrichsdorf, am Sporthafen Schwentine, warf er die Leiche des jungen Studenten ohne den Teppich ins Wasser. Auf seiner To-do-Liste stand vor der Ablieferung des Leihwagens die Entsorgung des Teppichs und der Besuch einer Autowaschstraße. Genau in der Reihenfolge. Er hatte Glück! Während seiner Fahrt fiel ihm in der Kieler Innenstadt, in der Rathausstraße, ein kleiner Berg aufgetürmter, aussortierter Möbel auf. Sperrmüll! Wolf legte den Teppich dazu. Er schüttelte sich. Er erinnerte sich gut. Der tote Kubaner hatte seine Spuren auf dem guten Stück hinterlassen. Der Teppich stank und war verdreckt. Er war damals froh, ihn auf so bequeme Weise loswerden zu können. Zu seinem Leidwesen war er damals schon gegen sieben Uhr mit allem fertig. Jetzt, da er sich erinnerte, spürte er wieder seinen Ärger darüber, dass die Kieler Autowaschstraßen ihre Pforten erst um acht Uhr öffneten. Da er damals noch eine Stunde Zeit hatte, bevor er eine Autowaschstraße anfahren konnte, blieb ihm nicht anderes übrig, als auf einen Kaffee in eine „McDonalds"-Filiale einzukehren. Gut gelaunt fuhr er pünktlich zur Öffnung um acht Uhr seine Wunschautowaschstraße an. Als der Wagen von innen und außen blitzte, fuhr er den gereinigten Leihwagen zurück zur Autovermietung. Dort stellte er ihn vereinbarungsgemäß ab. In ihm kam wieder das Glückgefühl hoch, dass er nach dem erfolgreichen Tagesbeginn hatte. Damals konnte ihm selbst unter den ungünstigsten Bedingungen der Rest des Tages nicht mehr verdorben werden. Schnell ging er nach dem Abgeben des Leihwagens zur nächsten Bushaltestelle, um zu seinem Wagen zurückzufahren. Diesen hatte er vor seinem Leichenentsorgungstransport in der Eichhofstraße abgestellt. Er war seinerzeit mehr als froh, dass alles so gut geklappt hatte. Bevor er in seinen Wagen einstieg, sah er sich noch einmal in alle Richtungen um. Er spürte noch die Angst in seinen Knochen, dass ihn jemand erkannt hatte. Er erinnerte sich, wie er sich damals, nach getaner Arbeit, auf ein schön ausgedehntes Frühstück mit den weltbesten Brötchen aus der Bäckerei Heinz und auf Karin freute.

Er sinnierte weiter. *Und ich dachte damals, ich hätte mit den Entsorgungsorten der Leichen eine gute Wahl getroffen. Das war ja wohl ein Satz mit X!* Noch einmal sah er die Abläufe vor seinem geistigen Auge.

Auf dem Gelände, auf dem er den toten kubanischen Studenten ins Wasser gelassen hatte, kannte er sich bestens aus.

Vor Jahren war es ihm gelungen, dort einen der begehrten Wasserliegeplätze hinter dem Wehr der Schwentinemündung für sein Segelboot zu ergattern. Die Strömung der Schwentine musste die Leiche direkt in den Kieler Hafen getrieben haben.

Die weibliche Frauenleiche war Abhineeti. Klar, seine Abhineeti. Wolf wurde sentimental. Er erinnerte sich an ihr erstes Treffen. Er hatte sie auf dem Hamburger Flughafen, im Abflugterminal Richtung Frankfurt, während des Check-ins kennengelernt. Sie stand am Terminal in der langen Warteschlange hinter ihm. Ihr offensichtlich neu erworbenes Handy forderte ihre ganze Aufmerksamkeit. Als er sich in der Schlange nicht schnell genug fortbewegte, trat sie ihm in die Ferse. Sie entschuldigte sich – ein Funke flog ins Pulverfass, und der Funkenflug erfasste beide. Sie entschieden sich am Check-in-Schalter spontan für zwei Plätze nebeneinander.

Aus einer Zufallsbekanntschaft wurde eine Liaison. Abhineeti war keine Barbiepuppe, sondern eine Naturschönheit.

Wolf war Indien durch seine Firmengründung in Delhi tief verbunden. Schnell fand man viele Parallelen, Gesprächsthemen und Gemeinsamkeiten. Gerne ging er regelmäßig mit ihr ins „Shahinar", ein nettes indisches Restaurant im Ortskern Bargteheides, das er durch Zufall im Internet entdeckt hatte. Abhineeti und er wurden im Laufe der Jahre gern gesehene Stammgäste in dem von Hermann Singh und seiner Frau Sonja betriebenen Restaurant. *Ach ja, Abhineeti. Wenn du doch nur nicht so stur gewesen wärst …*

„Mein Engel, entschuldige, ich war gerade in Gedanken. Ja, natürlich möchte ich deine Lasagne probieren. Du, übrigens, morgen wird's spät. Warte nicht mit dem Abendbrot auf mich. Wir haben noch eine Besprechung in der Hauptzentrale."

Karin verzog das Gesicht. Sie war sichtlich enttäuscht. „Schon wieder?"

Was für ein Sommer 2010! Es war eine Bullenhitze. Selbst nachts kühlten die Räume kaum aus. Wolf konnte nicht schlafen. Karin schnarchte leise im Bett neben ihm. Ihr Schnarchen störte ihn nicht. Ganz im Gegenteil. Er liebte ihre Schlafgeräusche genauso wie die beim Sex mit ihr kurz davor. Vorsichtig stand er auf und ging die zwölf Stufen hinunter ins Erdgeschoss. Dort angekommen, steuerte er sein Arbeitszimmer an. Es lag im hinteren Trakt des großen Hauses mit einem wunderbaren Panoramablick auf den großen Garten und die oft stürmische Förde.

Müde setzte er sich an seinen Rechner, fuhr ihn hoch und surfte ziellos durchs Internet – bis sein Interesse von einem englischen Zeitungsartikel geweckt wurde, der seine Müdigkeit nahezu verschwinden ließ. *Ach, guck!* Mit großer, dicker Überschrift wurde in dem Artikel über obskure Sammlerleidenschaften berichtet. Der Journalist schrieb über reiche Menschen – die namentlich nicht genannt wurden –, in deren Bücherregalen ganz besondere Schätze aufbewahrt wurden. Die Raritätensammler hätten schwindelerregend viel Geld für in Menschenhaut gebundene Bücher ausgegeben. Doch nicht nur Privatpersonen waren laut der Recherche des Journalisten der außergewöhnlichen Leidenschaft für Menschenhaut verfallen. Nein, auch Universitätsbibliotheken hüteten in Menschenhaut gebundene Bücher wie ihren Augapfel. Wolf war schon lange der Ansicht, dass solche Bücher Zeugnisse genialer Buchbinderkunst seien. Da kam ihm der Artikel im Netz gerade recht.

Der ihm unbekannte Journalist berichtete in seinem Artikel, dass Kriegsopfer aus frühen Schlachten ihre Haut für das Einfassen von diversen Büchern ebenso hingegeben hätten wie Verbrecher oder Bedürftige. Es war die Rede von Menschen, die bereits zu Lebzeiten ihre Haut verkauften. Wolf schloss seine Augen. *Menschenhaut zu verarbeiten war nicht bloß eine Zeiterscheinung der 30er-Jahre. Allerdings war es bis in die 30er-Jahre des 20. Jahrhunderts durchaus gang und gäbe gewesen, die eigene Haut bereits zu Lebzeiten an einen Gerber zu verkaufen. Wo sonst kommen wohl die Redewendungen „seine Haut zu Markte tragen" oder „seine Haut teuer verkaufen" wohl her? Klar wurden auch ohne Einwilligung einige Häute von KZ-Opfern zu diversen Gegenständen verarbeitet – wie man heute weiß.* Er legte seine Stirn in Falten. *Allerdings lässt sich die Verarbeitung von Menschenhaut bis ins Mittelalter zurückverfolgen. Vor allem die Häute von Räubern, Mördern und sonstigen kriminellen Elementen wurden gegerbt und weiterverarbeitet. Wenn ich mich recht erinnere, fürchteten die Gerber nach einer Zeit jedoch den Verlust ihres Rufs und ihrer Ehre. Sie fingen an, sich zu weigern, wurden jedoch von der damaligen Gerichtsbarkeit dazu verdonnert, auch weiterhin Menschenhaut zu gerben.* Wolf seufzte tief. *Ich lebe offensichtlich im falschen Jahrhundert. Heute mag die Verarbeitung von Menschenhaut zu Leder bizarr erscheinen, doch im 17. und 18. Jahrhundert wurde unser größtes Organ durchaus vielfältig verwendet, zum Beispiel bei der Landsknechtstrommel. Den Trommeln dieser Epoche wird nachgesagt, mit Menschenhaut bespannt worden zu sein. Es gibt Geldbörsen aus Menschenhaut und noch viele weitere wunderbare Sammlerstücke ... und ich, ich muss mit meiner mannigfaltigen, über die Jahre zusammengetragenen Sammlung hinterm Berg halten! Ich könnte kotzen! Wie viele Bücher mit Menschenhauteinband tatsächlich existieren, vermag mit Sicherheit niemand zu sagen. Vermutlich sind es einige Hunderte, die in Bibliotheken und Privatsammlungen versauern und deren Wert gar nicht bezifferbar ist!* Es wurde Wolf schwer ums Herz. Er schnaufte. *Was für eine Schande!*

Es wäre doch wunderbar, wenn jeder Sammler seine Sammlung Interessierten zugänglich machen könnte. Aber nein, da versteckt sich unsere feine Gesellschaft hinter einer fragwürdigen Ethik. Was für schnöselige Doppelmoralisten! Apropos ... Gleich morgen werde ich mal meinen Makler für Skurriles kontaktieren. Mal sehen, ob er für mich etwas Interessantes im Portfolio hat.

Aufgewühlt und voller Vorfreude stieg Wolf die zwölf Stufen ins Obergeschoss hinauf. Zurück ins Schlafzimmer. Zurück zu Karin. Vorsichtig legte er sich wieder neben Karin ins Bett. Sie atmete inzwischen ruhig. Er wollte sie nicht wecken und verhielt sich mucksmäuschenstill. Nach einer kurzen Weile rückte er dicht an sie heran und legte behutsam seinen rechten Arm um sie. Karin stöhnte leise auf, schlief jedoch geräuschlos weiter. Durch ihre Nähe und ihre entspannte Atmung konnte auch Wolf wenige Minuten später einschlafen.

Noch eine Leiche

Sechs Jahre später an einem Morgen im Frühjahr des Jahres 2016. Während eines gemeinsamen Frühstücks ereiferte Karin sich laut, mit vollem Mund, über einen Bericht der Tageszeitung „Kieler Nachrichten".

„Das ist ja unglaublich! Wolf, hast du das gelesen?"

„Was soll ich gelesen haben? Von welchem Bericht sprichst du?"

„Na, von dem Toten in der Nähe des Stinkviertels."

Wolf legte den ihm von Karin zugeteilten Teil seiner Tageszeitung neben sein Frühstücksbrett auf den Tisch.

„Nein, habe ich nicht. Was steht denn da genau?"

„Also, hier steht, dass gestern ein Toter in Kiel irgendwo in der Nähe des Stinkviertels gefunden wurde! Stell dir vor, eine Joggerin ist bei ihrem gestrigen Morgenlauf über die Leiche gestolpert. Der Mann ist, wie hier steht, vor seinem Tod übel zugerichtet worden. Dem jungen Mann wurde die Haut von beiden Armen abgezogen! Wer macht denn so etwas? Wie grausam und unmenschlich! Verstümmelt Menschen und legt diese dann auch noch mitten in einem Studentenviertel ab! Hörst du mir überhaupt zu?"

Karin sah Wolf fragend an, der abwesend auf sein Frühstücksbrett starrte.

„Ja, klar höre ich dir zu!"

„Hm, wirklich? Sieht nicht so aus!"

„Ach was, das täuscht! Ich bin nur ebenso schockiert wie du."

Scheiße!, dachte er während Karins Vorlesens.

Er atmete tief ein und aus. Wolf verspürte nach wie vor Lust am Töten – jedoch hatte er seine Lust relativ gut im Griff. Nur unter bestimmten Umständen ließ er seiner dunklen Seite die Möglichkeit der Entfaltung.

So eine Scheiße! Ist der Typ doch tatsächlich gestorben! Hätte er nicht ins Krankenhaus fahren können? Dieser Idiot! Wie kommt er eigentlich ins Stinkviertel? Das liegt doch in der Nähe des Ravensbergs. Zwischen seinem Zuhause und dem Stinkviertel liegen aber gut und gerne drei Kilometer. Als ich ihn verlassen habe, lag er noch betäubt in seinem Schlafzimmer in der Holtenauer Straße. Selbst wenn er von der Holtenauer aus in Richtung Stinkviertel gekommen ist, muss er doch auf dem Weg dahin in der belebten und beliebten Straße aufgefallen sein. Immerhin ist die Holtenauer doch eine der angesagtesten Einkaufsmeilen mit der größten Gastronomiedichte Kiels. Verstehe ich nicht. So etwas darf nicht noch einmal vorkommen! Ich muss meine Hautspender besser versorgen – ach was, eigentlich habe ich doch alles getan, um ihn am Leben zu halten. Ich habe ihn mit Morphium betäubt. Habe bei ihm das Skalpell erst angesetzt, nachdem er im Land der Träume war. Auch habe ich alles getan, um ein sauberes Umfeld zu schaffen. War ganz vorsichtig und bemüht, weder Muskeln noch Sehnen bei der Abnahme seiner Haut zu beschädigen. Im Anschluss habe ich seine Wunden gut und ausreichend versorgt. Zu guter Letzt habe ich ihm einen angemessenen Geldbetrag für seine Spende zugesteckt. Ganze fünfzehntausend Euro habe ich ihm in die Hosentasche geschoben. Davon berichten diese Schreiberlinge nichts! Mit keinem Wort erwähnen sie, dass seine Wunden versorgt wurden, und auch nicht, dass er einen dicken Batzen Geld bei sich hatte – zumindest als ich ihn verließ. Dieser Idiot muss sich aus seiner Wohnung geschlichen haben. Dieser Idiot? Ich bin der Idiot! Was habe ich mir nur dabei gedacht, schon wieder in meiner Stadt zu „wildern"? Aber statt mich als Monster abzustempeln, sollte ich mit Ruhm und Ehre überschüttet werden! Jedem meiner Hautspender setze ich ein Denkmal für die Ewigkeit! Sollten sie und deren Angehörige mir doch Dankbarkeit zollen, statt mich anzuprangern! Dabei fällt mir ein, ich muss in Indien mal wieder nach dem Rechten sehen! Auch andere Länder haben schöne

Häute! Wolfs Gesicht hellte sich auf. Er hatte sich wieder fest im Griff.

Er fühlte sich komplett verkannt. Er war Sammler. Viele Menschen waren Sammler. Sie sammelten Münzen, Briefmarken, Autos, Schmuck, Kleidung, Antiquitäten, Frauen, Männer oder was auch immer! Karin sammelte Schuhe. Über 600 Paar standen bereits in einem extra eingerichteten, gut klimatisierten Kellerraum ihres Hauses. Über diese Sammlerleidenschaft regte sich außer Wolf, der die Einkäufe seiner Frau mit seiner Kreditkarte bezahlte, niemand auf.

Die Geburtsstätte des Bösen

25 Jahre Glück. Wolf und Karin Schmidt hatten ihrer Meinung nach allen Grund, diesen Tag groß zu feiern. Sie hatten eigens zu diesem Anlass einen Hochzeitsplaner engagiert. Gefeiert wurde dieser Tag in dem noblen „Hotel Kieler Yacht Club", einem im modern-maritimen Stil gehaltenen Hotel, das zu den traditionsreichsten Häusern der Landeshauptstadt zählt. Während der Olympischen Spiele im Jahr 1972 beherbergte es sogar einige illustre Gäste.

Das Hotel war äußerst komfortabel und mit allem erdenklichen Pipapo ausgestattet. Eindrucksvoll und wunderschön an der Kiellinie – zwischen dem Düsternbrooker Gehölz und der Kieler Förde – direkt am Wasser gelegen. Ganz in der Nähe des Landeshauses lag es nur zwei Kilometer vom Zoologischen Museum der Universität Kiel sowie rund zweiundzwanzig Kilometer vom deutschen U-Boot U 995, das heute als Museumsschiff in Laboe seinen Heimathafen gefunden hat, entfernt.

Ihre Feier war das Event des Jahres 2016 in Kiel. Im Rahmen des Festes mit vielen A-, B- und C-Promis aus Wirtschaft, Politik und Showbiz, doch auch mit engen Freunden, Bekannten und der Familie wollten sie ihr Ehegelübde wiederholen und diesen Tag gemeinsam, mit allem Drum und Dran, in dem einzigartigen Ambiente feiern.

Das stilvolle Fest, abgehalten in den prunkvollen Bankett-räumlichkeiten des Hotels, begann morgens um elf Uhr mit einem einstündigen Champagnerempfang und endete am nächsten Morgen um vier Uhr mit einem Walzer der Jubilare. Wolf und Karin hatten für ihre Gäste aus West- und Süddeutschland selbstverständlich alle achtzehn Doppelzimmer sowie die drei Suiten des 4-Sterne-Hauses angemietet. Ihre

Gäste genossen den hervorragenden Service des Hauses und den wunderbar unverbauten Blick auf die Kieler Förde. Das Silberhochzeitspaar fiel nach der großen Feier müde ins Bett. Allerdings konnte Wolf im Gegensatz zu Karin trotz Müdigkeit nicht sofort einschlafen. Er fing an zu sinnieren … 25 Jahre. So lange bin ich nun schon mit dieser wunderbaren Frau verheiratet. Verliebt schaute er auf seine schlafende Frau. Er erinnerte sich an ihre Hochzeit. Geheiratet wurde ein Jahr nach der Geburt ihres ältesten Sohnes. Schwanger wollte Karin damals nicht mit ihm vor den Altar treten. Sie wünschte sich eine Märchenhochzeit in Weiß. Mit Kutsche, kirchlicher Hochzeit, meterlanger Schleppe, Blumenmädchen und Schleppenträgern. Einmal im Leben wollte sie eine Prinzessin sein. Ihr Wunsch war ihm Befehl. Bereut hatte er es nicht einen Tag lang. Karin blieb nicht nur an dem Tag ihrer pompösen Hochzeit eine – seine – Prinzessin. Sie war es für ihn immer noch und würde es auch bis zu ihrem oder seinem Lebensende bleiben. Überglücklich lag er in seinem Bett. Er schwelgte weiter in Erinnerungen und lauschte dabei Karins leisem Schnarchen.

Ihre Hochzeitsreise verlief quer durch Indien – von Nord nach Süd, von West nach Ost. Das Land präsentierte sich bunt, vielseitig und voller Gegensätze. Vom welthöchsten Gebirge, dem Himalaja, und den vielen Prachtbauten in Rajasthan, dem Land der Krieger im Norden, über fruchtbare Flusstäler des Ganges bis hin zur Thar-Wüste im Westen ließen sie sich von Land und Leuten inspirieren und tief beeindrucken. Nirgends, in keinem anderen Land, hatte Wolf eine solche Fülle an sozialen und kulturellen Unterschieden kennen- und lieben gelernt. Kurz vor dem Ende ihrer Reise – ausgelöst durch die vielen Eindrücke, gewonnen durch die Vielfältigkeit der Regionen, Religionen und Kasten im zweitgrößten bevölkerten Land der

Erde – wurde ihm schlagartig bewusst, dass Indien das Land war, in dem er sich verwirklichen konnte. Benebelt durch die vielen Impressionen, fasziniert von der Leichtigkeit des Seins der Inder, spürte er, dass er mit einer guten Idee einiges bewerkstelligen konnte. Er entdeckte in dem großen geheimnisvollen Staat Südostasiens mit all seinen Widersprüchen sein wahres Sein und fand während seiner Hochzeitreise zu seiner ungewöhnlichen Sammlerleidenschaft.

Zunächst sammelte er über einen Mittelsmann Raritäten, die aus Menschenhaut gefertigt waren. In diversen Internetportalen, die von Insidern frequentiert wurden, wurde die heiße Ware angeboten. Sein Makler für Skurriles, den er übers Internet kennengelernt hatte, war für ihn im Netz und auf den Straßen dieser Welt unterwegs.

Nach Abhineetis Tod wurde Wolf hin und wieder auch selbst aktiv. Seine dunkle Seite ließ er allerdings nur zu, wenn sich das Gefühl in ihm ausbreitete, dass seine Kreativität gen null lief. Dann allerdings ohne Wenn und Aber!

Wolf ging gerne auf Dienstreisen. Auf den Reisen zu seinen Klienten traf er Entscheidungen, traf Arrangements und tankte Energie. Er war auf seinen Dienstreisen immer voller Elan und Tatendrang. Diese gaben ihm die Gelegenheit, *seine* Häute zu sichten. Schon von Weitem sah er sie auf den Straßen der Welt. Beim Anblick der einen oder anderen Menschenhaut wusste er sofort, was später, noch bevor er sie erworben oder mit Gewalt in seinen Besitz gebracht hatte, aus ihr werden würde. Im Laufe der Zeit fand er immer mehr Gefallen an den Enthäutungen. Zugute kam ihm beim Ausarbeiten seiner Technik auch sein abgebrochenes Medizinstudium. Er war der festen Überzeugung, mit dem durch die Enthäutung erworbenen

Kick die Haut viel kreativer verarbeiten zu können. Er sah sich als Künstler. Er setzte den Menschen, deren Haut er verarbeitete, ein Denkmal! Die Enthäuteten konnten sich glücklich schätzen. Er nahm schließlich nicht jede Haut!

Dass er den gelegentlichen Tod seiner Hautspender billigend in Kauf nahm, mehr noch, dass er dann und wann zur Befriedigung seines Zwangs tötete, blendete er aus.

Das schmutzige Geschäft mit Blut und Organen

In den zurückliegenden Jahren war viel passiert! In den drei Jahren nach seiner Hochzeitsreise war Wolf bis zu seiner ersten Firmengründung äußerst kreativ und umtriebig immer alleine unter einem Vorwand nach Indien gereist und in diesem bunten Land unterwegs gewesen. Ihn trieben zwei Gründe in dieses Land. Zum einen suchte er vor Ort händeringend nach einem Weg, sich sein skurriles Hobby leisten zu können. Zum anderen konnte er sich unbemerkt und ungehindert auf diesem Teil des asiatischen Kontinents mit adäquaten Häuten eindecken. Bei über einer Milliarde Menschen, die auf dieser Seite des Erdballs lebten, wurden viele nicht vermisst, wenn sie verschwanden. Zur Erfüllung seiner Obsession hatte er im Jahr 1994 in der Hauptstadt Indiens, in Neu-Delhi, mittels guter Kontakte zu diversen Verbindungsmännern einen Organhandel, als Gesundheitszentrum getarnt, ins Leben gerufen. Endlich hatte er einen guten Weg gefunden, um sich ungestört ausleben zu können. Noch besser fand er, dass er das Gefühl hatte zu helfen und dass ihm im Gegenzug geholfen wurde.

Dann, 1997, lediglich drei Jahre nach seiner Firmengründung, versuchte die indische Regierung, Wolf ins Handwerk zu pfuschen. Per Gesetz versuchten sie die Entnahmen und Vergaben von Organen zu regeln. Zu seinem Glück war der illegale Handel nicht zu stoppen. So konnte seine Firma weiter wachsen und expandieren. Fortuna war ihm hold, und es wurde ein Gesetz erlassen, das den Spendern ermöglichte, ihre Organe unentgeltlich auch völlig Fremden zu überlassen. Sie mussten offiziell lediglich in einer Beziehung zueinander stehen. In welcher Beziehung spielte keine Rolle. Zwischenzeitig war es ihm gelungen, seine Firma „Really good organs" durch seine moralische Hemmungslosigkeit zu einem weltweit florierenden Organhandel auszubauen. Wolf war diesbezüglich nicht wählerisch. Er handelte mit allen Organen, die entnommen werden konnten. Es gab auf der ganzen Welt viele Menschen, die keine Wartezeit auf einer Liste in Kauf nehmen wollten. Wolf kam ihnen mit seinem gut organisierten Unternehmen gerade recht. Durch seine Skrupellosigkeit und einer regelrechten Exportflut war es ihm im einst überschaubaren Organhandel möglich, ein gigantisches Vermögen anzuhäufen.

Wolf hatte schon vor Jahren finanziell ausgesorgt. Er müsste nicht mehr arbeiten. Seine Arbeit in Deutschland diente lediglich seiner Tarnung. Seine Familie war ahnungslos und wusste von seinen dubiosen Machenschaften nichts. So sollte es, wenn es nach ihm ging, auch bleiben! In Indien gelang es ihm, sich wie ein Riesenkrake auszubreiten. Möglich wurde sein Erfolg jedoch nicht nur durch seine Skrupellosigkeit und die guten deutschen Werte wie etwa Fleiß, Pünktlichkeit, Disziplin, Zuverlässigkeit und Verlässlichkeit. Nein, auch das uralte Kastensystem und die marode Infrastruktur auf dem Land spielte ihm in die Hände. Die indischen Slums rund um Mumbai, Madras oder Kalkutta waren ein Segen für seinen Organhandel. Jährlich verkaufte er mit seinem Unternehmen von Indien aus Organe nach Europa, Übersee und sogar nach China – trotz des eigenen Organhandels im Land der Mitte mit Organen von diversen politischen Häftlingen und Hingerichteten, in einem Land, in dem der ehemalige Vizegesundheitsminister im Vorstand der Organspendenkommission einen Platz innehat. In einem Land, das nach Amerika die zweithöchste Transplantationsrate aufweist, war und ist die Nachfrage nach Organen kaum zu bremsen. Auch wenn China großenteils auf eigene Spender und deren Organe zurückgriff, war die Nachfrage für Wolf immer noch lukrativ. Als Eldorado für seine Absätze bezeichnete er den gesamten arabischen Raum. In diesen Teilen der Erde schien der Bedarf an Organen schier endlos zu sein. Wolf erkannte das kaufmännische Potenzial und errichtete Zweigstellen in Kalkutta, Mumbai und Goa.

Mittlerweile zählte sein Unternehmen „Really good organs" zu den ganz großen des Gewerbes. Viele Slumbewohner Indiens verkauften ihre Organe allerdings nur an ihn, um ihre Schulden tilgen zu können. Jedoch waren nur einige wenige in der Lage, sich durch den Organverkauf aus den Slums zu retten. In den Slums gab es kaum eine Familie, in der nicht mindestens ein Familienmitglied ein Organ verkauft hatte. Viele ließen sich tatsächlich regelrecht ausschlachten. Ähnlich war die Situation im angrenzenden *Tsunami Nagar*, einem Flüchtlingslager, das einst für die Opfer einer Flutkatastrophe errichtet worden war. In diesem Lager war es möglich, Nieren von gesunden Patienten für 20.000 bis 40.000 Rupien zu kaufen. Eine Niere konnten Wolfs Transplantationsorganisatoren dort also schon für umgerechnet 500 Euro erwerben. Wolfs Gewinnspanne war immens. Er verdiente pro Transplantation einer Niere 200.000 Euro und mehr. Auch nach Abzug aller Kosten blieb noch genug für ihn übrig.

Bisweilen nahm der Handel mit Organen obskure Formen an. Wolf musste auf der Hut sein. Seine Konkurrenz schlief nicht. Alle wollten etwas von dem Geldsegen abhaben. Immer wieder wehte ihm der eiskalte Wind von Neidern und Konkurrenten entgegen.

„Really good organs" war im Laufe der Jahre zu einem großen Arbeitgeber geworden. Anlässlich ihres zehnjährigen Firmenjubiläums nahmen Wolf und seine Crew zwei weitere Sparten in ihrem Portfolio auf, das der Blutspende und das der Blutplasmagewinnung. Blut wird in der hinduistisch geprägten Kultur immer noch ein hoher Stellenwert zugeschrieben – Blutverlust ist in Indien gleichzusetzen mit Kraftverlust. Diese Sparte seines Unternehmens war anfangs nicht ausgereift. Er hatte den Einfluss der hinduistisch geprägten Kultur stark unterschätzt. Dies war einer der Gründe, warum es sich als schwierig erwies, freiwillige Blutspender zu gewinnen. Allerdings war es vielerorts wohl auch den widrigen Lebensumständen geschuldet, geeignete Spender zu finden. Denn Blut spenden konnte nur der, der asketisch lebte. Dies setzte einen untadeligen Lebensstil voraus. Die Spender mussten gesund sein. Sie durften keine Drogen nehmen und mussten sich ausgewogen ernähren. Das Spenderblut musste sauber sein!

In ausgeklügelte Werbekampagnen, die die Wichtigkeit der Blutspende in das Bewusstsein der Menschen vor Ort rufen sollten, steckte er viel Geld. Dank seiner Marketingspezialisten sah Wolf nach zwei Jahren Anlaufschwierigkeiten Licht am Horizont. Seine Marketingfachleuchte wiesen in ihren Kampagnen und Roadshows neben den vielen materiellen Vorzügen auch auf die nicht zu widerlegende Tatsache hin, dass die Blutspende für mittellose Inder die einzige Möglichkeit war, einen kostenfreien Gesundheits-Check-up zu erhalten. Sie betonten auch, dass eine Blutspende im Bedarfsfall ebenso ihr Leben retten könnte.

Seine Rechnung ging auf. Die Investitionen amortisierten sich schnell. „Really pure blood" etablierte sich auf dem indischen Markt. Wolf war kein Mediziner – er war Kaufmann. Als das lukrative Geschäft der freiwilligen Blutspende anlief, verdiente er mit fünf Litern Blut locker 1.000 Euro und mehr. Ein Geschäftsbereich, dem er und seine Mitarbeiter fortan ein großes Augenmerk schenkten. Seine erste Blutbank erblickte 2001 das Licht der Welt. Fünf weitere folgten im Laufe der Jahre. Trotz des anfänglichen Mangels an Blutspendern entwickelte es sich zu einem äußerst gewinnbringenden Geschäftsfeld. Mittlerweile kamen seine Blutspender aus allen Kasten.

Im Jahr 2010 liebäugelte Wolf mit der Eröffnung einer Blutbank für Hunde. Ihm war zu Ohren gekommen, dass eine Klinik in Chennai auf diese einträgliche Geschäftsidee gekommen war, und auch Wolf wollte sich das Geschäft nicht entgehen lassen. Ähnliche Einrichtungen gab es bereits seit Ende der 90er-Jahre in Amerika. Seine Berater rieten ihm allerdings eindringlich davon ab, dieses Geschäftsmodell voranzutreiben. Somit blieb er den Menschen treu und expandierte in seinem gewohnten Geschäftsfeld. Er investierte in die Anschaffung neuer, hochwertiger Geräte, in die Logistik des Organtransports, in die Aufbewahrung und den Transport von Blut und Plasma, in die medizinische Versorgung – sowohl was die Behandlung als auch die Nachsorge betraf. Sogar bis in den Tod begleitete er seine Organ- und seine Blutspender. Per Vertragsklausel sicherte Wolf in seinen wasserdichten Verträgen seinen Spendern auf Wunsch nach ihrem Tod eine Feuerbestattung in Varanasi, Indiens heiliger Stadt des Todes am Ganges, zu. Viele Inder glauben daran, dass nur diejenigen, die an diesem heiligen Ort verbrannt werden, einer Wiedergeburt entgehen, um ruhig und sanft ins Nirwana übergehen zu können.

Die vielen Vorteile, nicht nur seine Organe, sondern auch sein Blut in einem von Wolf geführten Unternehmen abzugeben, hatten sich herumgesprochen. „Really good organs" und „Really pure blood" standen für Fairness, eine gute Aufnahme, eine gute Versorgung sowie eine gute Nachsorge und für weit über den normalen Tarif gezahlte Honorare. Wolf sah sich als Wohltäter – nicht als Ausbeuter. Dies sahen seine Spender und ihre Familien ebenso. Beim Verkauf ihrer Organe an sein Unternehmen blieb ihnen – auch nach allen Abgaben – immer noch etwas von dem ausgezahlten Geld übrig. Tatsächlich war er ein Segen für die meisten Spender.

Anfang 2017 beschäftigte Wolf eine große Anzahl an Ärzten und Pflegepersonal in seinen Unternehmen. Von den vielen

Zulieferern ganz zu schweigen. Die Transplantationsorganisatoren leisteten in den staatlich registrierten Krankenhäusern Übermenschliches. Doch auch die Transfusionsleiter der Blutbanken hatten alle Hände voll zu tun, um dem großen Andrang auf beiden Seiten gerecht zu werden.

Was die Menschen, die seinen Unternehmen Organe oder Blut spendeten, nicht wussten, war, dass seine Mitarbeiter gehalten waren, Nacktfotos von ihnen zu erstellen. Täglich erreichten ihn Dutzende digitalisierte Fotos. Den ahnungslosen Spendern wurden diese fragwürdigen Fotoshootings als Fürsorge vorgegaukelt. Wolf hatte einen immensen Arbeitsaufwand, die vielen Bilder zu sichten – doch auch in diesem Arbeitsprozess entwickelte er eine unglaubliche Routine. So wurde auf diesem Weg aus manchem Organ- oder Blutspender auch ein unfreiwilliger Hautspender.

Mindestens vier- bis fünfmal im Jahr ließ er sich an den Standorten seiner Unternehmen sehen. Je nach Bedarf. Im Schnitt war er mit der Fluggesellschaft seiner Wahl inklusive eines Zwischenstopps innerhalb von rund zehn Stunden in Neu-Delhi. Sollte seine Anwesenheit vor Ort außerplanmäßig erforderlich sein, war er dienstlich relativ flexibel. Allerdings kamen außerordentliche Flüge kaum vor. Häufig konnten aufkommende Fragen via Telefon, Skype oder E-Mail-Kontakt geklärt werden.

Seine vielen Flüge brachten ihm mittels eines Vielfliegerprogramms reichlich Flugmeilen ein. Ein Fakt, mit dem er sich – ohne Zusatzkosten – seine Flugreisen ordentlich versüßte.

Endlose Liebe

Er wachte schweißgebadet auf. Wie sehr er seine Frau liebte! Selbst ihr nächtliches Schnarchen hatte etwas Beruhigendes. Sie war es, die ihn oft daran gehindert hatte, komplett durchzudrehen. Die ihn unbewusst daran gehindert hatte, seine Tarnung einfach aufzugeben.

Schlaftrunken sah Wolf auf sein Uhrenradio. 4.30 Uhr. Er fuhr seinen rechten Arm aus. Er wollte Karin berühren. Sie streicheln. Sie umarmen. Wollte mindestens ihre Hand halten. Blitzartig wurde es ihm bewusst … mit der vollen Wucht eines Vorschlaghammers: Sie war tot! Tagelang war sie schon tot. Kalt wie ein Fisch lag sie neben ihm, stank erbärmlich. Er konnte sich mit ihrem plötzlichen Tod nicht abfinden. Er stand auf und schaute aus dem Schlafzimmerfenster. Der Frühling war früh dieses Jahr. Die ersten Krokusse sorgten Ende Februar 2017 bereits für kräftige Farbtupfer im Rasen.

Er hatte sie wecken wollen – am Montag vor einer Woche. Wie immer war er vor ihr aufgestanden, hatte sich gut gelaunt geduscht und sich jobtauglich zurechtgemacht. Er hatte wie immer den Frühstückstisch gedeckt, den Kaffee in die Becher gefüllt und die Zeitung aufgeteilt. Wie jeden Morgen hatte er am Tisch auf sie gewartet. Als sie auch eine Viertelstunde später nicht am Tisch saß und er auch nicht hörte, dass sie sich in Bewegung gesetzt hatte, stand er vom Tisch auf, um nach ihr zu sehen. *Du Schlumpf, bist du wieder eingeschlafen?* Mit einem Lächeln auf den Lippen machte er sich auf den Weg ins gemeinsame Schlafzimmer, um seine Frau noch einmal zu wecken. Laut scherzend betrat Wolf das Schlafzimmer.

„Schatz, es ist Zeit, aufzuwachen – du Schlafschlumpf!" Er trat an Karins Bett und küsste ihr zärtlich die Stirn. Er erschrak. Sie war eiskalt. Er berührte sie an der Schulter. Sie bewegte sich nicht. Sie war steif. Er schüttelte sie. Doch sie regte sich nicht. Er schrie sie an. Wollte, dass sie aufwachte. Vergebens. Er begriff, dass sie tot war. Was er nicht wusste, war, dass seine große Liebe in der vergangenen Nacht einem gerissenen Aneurysma im Gehirn erlegen war.

Komplett durch den Wind, unfähig, eine Entscheidung über die Leiche seiner Frau zu treffen, ging er – wie von Geisterhand gesteuert – seiner Arbeit, seinen Pflichten nach. Er blendete Karins Tod einfach aus. Es konnte nicht sein, was nicht sein durfte. Er stand morgens auf, deckte wie immer für Karin und sich den Frühstückstisch und ging wie gewohnt morgens zur Arbeit. Allerdings immer nur für einige Stunden. Wolf verließ mittags das Büro, nahm sich jedoch während der kompletten Arbeitswoche wichtige Fälle mit nach Hause. Als Begründung gab er seiner Sekretärin, seinen Mitarbeitern und seinen Partnern an, dass Karin krank sei und ihn brauche. Vor und nach getaner Arbeit kümmerte er sich liebevoll um seinen Hund. Er verdrängte Karins Tod konsequent und bereitete abends für sie und sich selbst warmes Essen zu. Mehr noch, er schlief sogar abends im Bett neben ihr ein.

Eine Woche nach ihrem Tod war er so weit. Er war endlich in der Lage, Abschied zu nehmen. Er wusste, es wurde Zeit. Karins Körper fing bereits an, sich zu verändern. Ihr toter Körper begann zu verwesen. *Mein geliebter Schatz, es wird Zeit, sich deiner anzunehmen, bevor es zu spät ist! Ich liebe dich und werde dich immer lieben! Du wirst mich nicht verlassen. Ich lasse dich nicht gehen! Ich werde dafür sorgen, dass du immer bei mir bist. Du wirst unsterblich sein!*

Monate vergingen. Mittlerweile ging alles wieder seinen gewohnten Gang – bis auf die Betreuung seines Hundes. Die hatte er über Tag fremdvergeben. Balu fand über Tag Kost und Logis in der Tierpension „Dog's Life and Style" in Schwentinental. Wolf war sich sicher, dass sich die Inhaberin während des Tages ganz liebevoll um seinen Hund kümmerte.

Wolf war aufgeregt. Endlich war er Karin wieder so nah wie zu ihren Lebzeiten. Heute, genau vor sechsundzwanzig Jahren, hatten sie auf dem Standesamt in Kiel, seinerzeit in einem roten Backsteingebäude am Lorentzendamm neben der heutigen Förde Sparkasse, geheiratet. Mittlerweile war das Amt vom Lorentzendamm in die Fleethörn, schräg gegenüber dem alten Rathaus, gezogen. Er erinnerte sich noch genau daran, wie der Standesbeamte ihn während der Bestellung des Aufgebots mit einem Augenzwinkern fragte, ob er sich das mit der Ehe auch gut überlegt habe – ein Leben lang gebunden an einen Sexualpartner. Wolf musste schmunzeln. Treu war er ihr nicht immer gewesen – allerdings hatte er nicht einen einzigen Tag ihres gemeinsamen Lebensweges bereut. Mehr noch, er war dankbar, mit ihr gemeinsam durchs Leben gegangen zu sein. Sicherlich gab es Höhen und Tiefen – jedoch war sie immer sein Fels in der Brandung gewesen.

Damals, als er sie kennenlernte, hatte sie gerade ihr Studium der Betriebswirtschaft aufgenommen. Wolf hatte erst kurz zuvor seinen Wechsel in den gleichen Studiengang vollzogen. Beide studierten an der Christian-Albrechts-Universität zu Kiel. Wolf hatte vorher vier Semester Medizin studiert – jedoch im Verlauf des Studiums bemerkt, dass er nicht zum Arzt geboren war. Schicksal oder Zufall – durch seinen Studiengangwechsel lernte er prompt die Liebe seines Lebens kennen. Beide fanden nach ihrem Diplom in einer kleinen, aber feinen

Unternehmensberatung in der Kieler Innenstadt eine unbefristete Anstellung. Wolf ergriff ein Jahr später die Chance, für seine Unternehmensberatung als Zweigstellenleiter nach Lübeck zu gehen, obwohl es bedeutete, zu pendeln. Vier Jahre später wurde ihm die Möglichkeit geboten, in der Kieler Kanzlei als Juniorpartner einzusteigen. Parallel stand die Entscheidung an, sich mit Karin selbstständig zu machen. Doch wie das Leben so spielt, kam alles anders. Karin wurde schwanger. Sie entschieden gemeinsam, dass Karin nach der Geburt zu Hause blieb. Wolf startete zum selben Zeitpunkt in Kiel durch. Er machte Karriere. Er hatte Karin mehr als alles andere auf der Welt geliebt! Auch wenn er ihr nicht immer treu war. Sie war es, die ihn erdete. Sie gab ihm den Halt, den er benötigte.

Mit viel Herz gefertigt

Es war so weit! Sein maßgeschneiderter Overall – gefertigt aus Karins Haut – war fast fertig. Zu seinem Leidwesen hatte ihre Haut nicht ausgereicht, um seinem einst stählernen Körper als Schutzmantel zu dienen. Er hatte noch eine weitere Haut zur Fertigstellung dazunehmen müssen, die einer Freundin seiner Frau. Die Haut von Angelika Meisel. Sie war, wie Karin, eine der zwanzig schönsten Frauen Deutschlands über fünfzig, war im November 2016 eine der neunzehn Konkurrentinnen Karins im Kampf um die Krone gewesen. Während der einwöchigen Proben in Bad Neuenahr zur Miss 50 plus – veranstaltet von der Miss Germany Corporation – hatten sich die beiden kennen- und schätzen gelernt. Mehr noch, in dieser Zeit war eine Freundschaft entstanden. Seither hatten die Frauen trotz der großen Entfernung viel Zeit miteinander verbracht. Auch er mochte Angelika gut leiden. Eine hübsche Frau, die als Drittplatzierte aus dem Wettbewerb zur schönsten Frau Deutschlands hervorgegangen war. Des Weiteren war sie eine äußerst talentierte Malerin und Galeristin mit Wohnort in Kissing. Soweit ihm bekannt war, war sie verheiratet, zweifache Mutter und bereits mehrfache Oma. Als sie nun, zum Frühlingsanfang 2017, kurz nach Karins Tod, ohne Vorankündigung vor seiner Tür in Kitzeberg stand, um Karin einen Überraschungsbesuch abzustatten, kam ihm bei ihrem Anblick sofort der zündende Gedanke.

Es regnete und war, wie so oft in Schleswig-Holstein, viel zu kalt für diese Jahreszeit. Er bat Angelika Meisel ins Haus. Sie nahm seine Einladung dankend an. Sie war durchgefroren in ihrer leichten, durchnässten Jacke. Wolf erwies sich als ein guter Gastgeber und nahm ihr die Jacke ab, um sie zum Trocknen aufzuhängen. Währenddessen musterte er Angelika aus den Augenwinkeln. Freudig bemerkte er, dass Karin und Angelika von derselben Statur waren. Der Gedanke, Angelikas Haut mit in den Overall aus Karins Haut einzuarbeiten, trieb ihn zu einer ungeheuren Charmeoffensive an. Er war in Hochform, war nicht nur charmant, sondern auch noch ausgesprochen witzig. Um ihr die Wartezeit bis zu Karins angeblicher Rückkehr zu verkürzen, bot er ihr Kaffee und Gebäck an. Angelika nahm das Angebot an. Sie war ahnungslos und bemerkte nichts von seinen Tötungsabsichten. Ganz im Gegenteil. Sie war angetan von seiner offenen, herzlichen Art. Ein Fehler. Mit einem gezielten Stich ins Herz brachte Wolf Angelika Meisel um. Nur wenige Stunden später häutete er sie grob und vergrub ihre sterblichen Überreste in seinem Garten.

Nachdem er Angelika vergraben hatte, widmete er sich dem Säubern seines Schlachtfeldes. Er benötigte viele Stunden, um die blutigen Spuren seines Handelns zu beseitigen. Doch all diese Mühe tat der Vorfreude auf die Fertigstellung seiner wohl besten Näharbeit keinen Abbruch. Sein Hund blieb währenddessen still in seinem Körbchen liegen. So als würde er wissen, dass er seinem Herrchen nicht im Weg sein durfte. Später, als Wolf seine Arbeit beendet hatte, bekam er von ihm einen ganz besonderen Leckerbissen zur Belohnung.

Aufgeregt lief Wolf durch sein Hamburger Atelier. Vor wenigen Minuten hatte er die letzte Naht sauber vernäht. Nun war es Zeit für die Anprobe! Vorsichtig schlüpfte er nackt in seinen neuen Overall. Ein wohlig warmes Gefühl durchfuhr ihn. Noch nie hatte er einen ganzen Menschen gehäutet. Karins Kompletthäutung war seine Premiere. In vielen mühsamen Arbeitsgängen hatte er ihre Haut von Muskeln und Sehnen getrennt. Der Overall passte dank der Zugabe von Angelikas Haut genau! Er hätte nicht größer, aber auch auf keinen Fall kleiner sein dürfen. *Glück gehabt!* Wolf lächelte. Vorsichtig zog er den eingearbeiteten Reißverschluss hoch. Stolz ging er zu seinem Ganzkörperspiegel, den er im Schlafzimmer seines Hamburger Ateliers aufgestellt hatte. Er bewunderte sein Werk. Gut sah es aus. Es erinnerte ihn an einen „normalen" Lederoverall. Mit beiden Händen streichelte er zärtlich über Karins Haut. Er spürte eine sexuelle Erregung in sich aufkeimen. Ein Schauer durchfuhr seinen Körper. Ein ekstatisches Glücksgefühl breitete sich über seinen Rücken, in seinem ganzen Körper aus. Er konnte und wollte das wunderbare Gefühl der tiefen Verbundenheit nicht unterdrücken. Er ejakulierte. Als sein Orgasmus abebbte, ging er ins Bett. Er war müde. Wollte sich ausruhen. Ließ seinen Gedanken freien Lauf. Er schloss seine Augenlider, die plötzlich schwer wie Blei waren. Noch einmal sah er die vielen kleinen Arbeitsschritte vor seinem geistigen Auge, die notwendig gewesen waren, sein wohl bestes Werk fertigzustellen. Sorgfältig hatte er zunächst Karin und dann einige Zeit später Angelika gehäutet. Ihre Häute mussten für die spätere Verarbeitung umgehend konserviert werden, um den organischen Verfall aufzuhalten und um qualitative Schäden zu vermeiden. Er hatte die frischen Häute in eigens von ihm für die Lagerung von Häuten angeschafften Plastiktüten verpackt und sie nach der Zwischenlagerung in seinem Kühlschrank in die Gefriertruhe seiner Verarbeitungswerkstatt gelegt. Er fror seine Häute grundsätzlich ein. Diese Methode hatte seiner Meinung nach nur Vorteile. Der Zersetzungsvorgang wurde gestoppt und die Haltbarkeit seiner Rohware war unbegrenzt. Aufgrund seines ständigen Zeitmangels konnten die Häute bei Bedarf nach dem Auftauen sofort verarbeitet werden. Wenn allerdings der Gefrierschrank seiner Verarbeitungswerkstatt außerhalb seiner Reichweite war, bediente er sich zur vorübergehenden Lagerung eines Kühlschranks oder einer Kompressor-Kühlbox, die auch unterwegs gut funktionierte.

Bei der für ihn wichtigsten Arbeit seines Lebens durfte er sich keinen Patzer erlauben. Nach dem erfolgreichen Abarbeiten seines ersten Arbeitsschrittes durchliefen die Häute der beiden Frauen seine Wasserwerkstatt. In diesem Arbeitsgang entfernte er alle anderen Bestandteile wie Haare, Unterhautbindegewebe, Fett und bestimmte Eiweiße.

Es war alles wie immer. Nur in einer größeren Dimension. Beim ersten Arbeitsgang in seiner Wasserwerkstatt – der Weiche – legte er ihre Häute in Wasser ein. Dieser Arbeitsgang war nötig, damit er ihre Häute reinigen und auf den ursprünglichen, natürlichen Wassergehalt bringen konnte. Anschließend legte er die Häute zur Entfernung der behaarten Oberhaut und zur Auflockerung des Fasergefüges für einige Stunden in einen Äscher ein. Er bevorzugte ein traditionelles Verfahren und nahm zur Auflockerung ausschließlich Kalkmilch. Nach diesem Arbeitsgang entfleischte er ihre Unterhaut, sodass schließlich nur noch ihre Lederhaut übrig blieb. Es waren viele Arbeitsschritte nötig, um aus Karins und Angelikas wunderbarer Haut gut verarbeitbare Lederstücke zu bekommen! Ihre Häute legte er nach dem Entkalken in eine enzymatische Beize ein. Nach dem Abschluss dieses Arbeitsganges entfettete er die Häute, um sie im nächsten Schritt zu gerben. Zur Verarbeitung mussten die Häute entwässert, gefalzt und im nassen Zustand gefettet und ausgereckt werden. Zum Abschluss ließ er die Häute trocken. Später konditionierte er die Häute erneut und machte sie weich. Er bevorzugte zum Weichmachen das Stollen und Millen. Am Ende beschnitt er ihre Häute liebevoll und vorsichtig – ausschließlich da, wo es nötig war.

Während Wolf seine letzten Arbeitsschritte gedanklich noch einmal durchspielte, sah er sich für einen kleinen Augenblick in seiner 500 Quadratmeter großen Verarbeitungshalle in

Kiel-Friedrichsort stehen. Die ehemalige Lagerhalle hatte er vor vielen Jahren einem Immobilienmakler aus Hamburg zum Schnäppchenpreis abgekauft.

Plötzlich ging alles ganz schnell. Sein Körper spielte verrückt. Er verlor die Kontrolle über seine Gliedmaßen und wurde in grelle Blitze gehüllt. Sekunden später sah er noch einmal sein gesamtes Leben vor seinem geistigen Auge ablaufen. Schön war's. Nicht immer ganz einfach. Allerdings im Großen und Ganzen zufriedenstellend. Er stutzte kurz, als er seine Söhne von Weitem winken sah. Ein weiterer Schauer durchlief seinen Körper. Er spürte einen Sog, sah ein grelles Licht, ließ sich fallen. *Meine lieben Kinder, ich muss gehen. Passt gut auf euch auf! Karin, bist du da? Ich komme! Ob sie mich – ob sie uns hier auf Erden vermissen werden?*, waren Wolfs letzte Gedanken, bevor ihm schwarz vor Augen wurde und sein Herz Sekunden später aufhörte zu schlagen.

In den zurückliegenden Monaten war Wolf nahezu täglich zwischen seinem Haus in Kitzeberg und seiner Hamburger Wohnung gependelt. Seinen Hund Balu brachte er weiterhin in der Tierpension „Dog's Live and Style" unter. Mittlerweile auch mal über Nacht oder tagelang am Stück. Alle zeigten für sein Verhalten Verständnis. Mehr noch, viele litten mit ihm. Ihm war der Schicksalsschlag deutlich anzusehen. Zunehmend ging es ihm nicht nur psychisch, sondern auch physisch schlechter. Er war um Jahre gealtert, wirkte trotz seiner Muskelmasse abgemagert, war nur noch ein Schatten seiner selbst. Ohne Karin fühlte er sich einsam. Er vermisste sie sehr. Auch seine Versuche, sich durch die Jagd nach neuen Häuten abzulenken, brachte ihm nicht die Erlösung, die er sich erhoffte. Die Abwesenheit seiner Frau erklärte Wolf seinen Kindern, seinen Partnern, seinen Mitarbeitern und seinen Freunden und

Bekannten mit einer Ehekrise. Er erzählte allen, dass seine Frau sich eine Auszeit ihrer Ehe genommen hätte. Dass sie sich auf Mallorca in eine kleine Finca zurückgezogen hätte, um über das Fortbestehen ihrer Ehe nachzudenken. Sie wolle niemanden – selbst ihre Kinder – nicht sehen, hören oder sprechen. Seine Kinder waren zwar enttäuscht, zeigten aber Verständnis für die Entscheidung ihrer Mutter. Sie stellten Wolf keine unbequemen Fragen und verhielten sich ihm gegenüber äußerst rücksichtsvoll. Zu seiner Verwunderung nahmen alle ihm seine Lügen ab. Keiner kam auf die Idee, mit Karin in Kontakt zu treten. Alle respektierten ihren angeblichen Rückzug. Niemand schöpfte Verdacht.

Als Angelika Meisel sich auch zwei Tage nach ihrem Besuch bei Karin nicht bei ihrem Mann Günther meldete und sie auch nicht auf seine auf ihre Mailbox gesprochenen Nachrichten reagierte, wurde er unruhig. Selbst Polizist, schwante ihm nichts Gutes. Als auch der Anschluss von Karin und Wolf Schmidt selbst nach mehrmaligen Versuchen seinerseits nicht erreichbar war, meldete er seine Frau auf der Polizeistation PI in Friedberg, im Freistaat Bayern, als vermisst. Den Beamten der Schutzpolizei erzählte er, dass seine Frau Karin Schmidt in der Nähe von Kiel im Vorort Kitzeberg besuchen wollte und dass ihr Verhalten, sich nicht bei ihm zu melden, völlig untypisch für sie sei. Er sagte den Beamten auf dem Revier, dass er mittlerweile von einer Gefahr für Leib und Leben ausging. Die Beamten nahmen die Aussage ihres Kollegen sehr ernst. Bundesweit wurde Angelika Meisel sofort zur Fahndung ausgeschrieben. Letztlich war jedoch sowohl die Fahndung als auch die parallel eingeleitete Befragung Wolfs erfolglos. Wolf gab an, dass sie sehr wohl bei ihm war – jedoch nur kurz. Seine Frau und er lebten derzeit getrennt, und Wolf hätte Angelika Meisel über ihren derzeitigen Beziehungsstatus in Kenntnis gesetzt. Sie sei darüber sehr traurig gewesen, blieb auf einen Kaffee und wollte gleich nach ihrer Verabschiedung ihre Heimreise antreten. Ob sie ihre Heimreise tatsächlich angetreten habe, entziehe sich seiner Kenntnis. Angelika Meisel blieb weiterhin vermisst.

Paul Wagenschneider

Am 26. August 2017 ging um 16.15 Uhr in der Leitstelle 110 ein Notruf ein. Ein Hausmeister der Hochhaussiedlung Mümmelmannsberg aus Hamburg-Billstedt schrie in den Hörer, dass er dringend Hilfe benötigen würde. Der Polizist der Rettungsleitstelle am anderen Ende der Leitung kam kaum dazu, dem aufgebrachten Hausmeister Fragen zu stellen. Aufgelöst und verzweifelt schrie dieser in den Hörer, dass ihn ein Mieter einer Wohnung zu Hilfe gerufen hätte, bei dem seit Tagen ein schleimiges Sekret von der Decke tropfe. Ein glibberiger grüner Schleim bahne sich seinen Weg von der Decke des betroffenen Mieters über dessen Wände auf seinen Fußboden. Der Hausmeister berichtete dem verdutzten Polizisten, dass der Mieter der betroffenen Wohnung schon einige Male vergebens versucht habe, mit dem Mieter über ihm – einem Mann namens Paul Wagenschneider – in Kontakt zu treten. Trotz mehrerer Klingelversuche habe dieser die Wohnungstür nicht geöffnet. Aus diesem Grund habe der verzweifelte Mieter ihn, den Hausmeister, um Unterstützung gebeten. Er habe – so sagte er – die Wohnung des besagten Verursachers mit seinem Generalschlüssel geöffnet. Er sei sich durchaus bewusst, sich unbefugt Zutritt zur Wohnung verschafft zu haben. Aber er wollte ja nur helfen. Er hatte schließlich die Ursache des grünen Schleims gefunden. Noch immer unter Schock, berichtete er von einem unglaublichen Fund.

„Sie müssen schnell kommen. Bitte, Sie müssen schnell kommen! Hier liegt ein toter, aufgeblähter Mensch, dem aus allen möglichen Öffnungen grüner Glibber oder was auch immer herausläuft. Bitte, bitte, kommen Sie schnell!"

Der Polizist bat den Hausmeister, Ruhe zu bewahren. Er sprach beruhigend auf ihn ein und nahm die Adresse der

Wohnung auf, in der er den Leichnam gefunden hatte. Für eventuell auftretende Rückfragen bat er den Hausmeister um seine Telefonnummer. Wenige Minuten später alarmierte der Polizist – aufgrund des Meldebildes – ein Polizeirevier in der Nähe der angegebenen Adresse. Er informierte die Beamten des Schutzdienstes über den nur wenige Minuten zuvor bei ihm eingegangenen Notruf. Diese fuhren zur Klärung umgehend los.

Als die Schutzbeamten lediglich fünfzehn Minuten später in der Wohnung des Mieters Paul Wagenschneider eintrafen, hatten sie große Mühe, den immer noch aufgebrachten Hausmeister, den sie bei ihrem Eintreffen vor der Wohnungstür antrafen, zu beruhigen. Beim Eintreten in die Wohnung wurden sie von einer Bullenhitze, dem süßlich penetranten Geruch einer verwesenden Leiche sowie dem Geruch von Erbrochenem empfangen. Sie konnten trotz ihres vorgehaltenen Mundschutzes kaum Luft holen. Das Anlegen einer Atemschutzmaske wäre gut gewesen. Beides hatten sie allerdings weder am Mann noch im Streifenwagen. Dem Hausmeister war nach dem Fund des Toten speiübel geworden. Er übergab sich im penibel aufgeräumten Schlafzimmer des Mieters Paul Wagenschneider. Der Tote lag, als er ihn fand, in seinem Bett. Aus der völlig durchnässten Matratze tropfte es immer noch. Eine zähe grüne Flüssigkeit, die offensichtlich aus dem männlichen Leichnam trat, tropfte auf das Echtholzparkett unter dem Bett. Den beiden Beamten des Schutzdienstes verschlug es beim Anblick des Toten ebenfalls die Sprache. Sie waren einiges gewohnt – doch dieser Anblick würde sich wohl für immer in ihr Gedächtnis einbrennen.

Nachdem auch den zu Hilfe gerufenen Polizisten vor Ort bewusst wurde, dass sie – ebenso wie der Hausmeister – mit der vorgefundenen Situation überfordert waren, riefen sie zur Verstärkung ihre Kollegen des Kriminaldauerdienstes (KDD). Die Polizisten waren sich beim Anblick des Toten tatsächlich nicht zweifelsfrei sicher, ob er eines natürlichen Todes gestorben war. Die Auffindesituation war schon ungewöhnlich, es war definitiv ein skurriler Anblick. Der Tote steckte in einem feuchten Lederoverall. In der Wohnung wurde kein Abschiedsbrief gefunden. Somit konnte der Tote auch Opfer eines Tötungsdelikts geworden sein. Die zu Hilfe gerufenen Beamten des Kriminaldauerdienstes rückten relativ zeitnah mit dem parallel gerufenen Notarzt an, um sich von dem geschilderten Horrorszenarium ihrer Kollegen selbst ein Bild zu machen. Der Hausmeister, der immer noch unter Schock stehend auf einem Sessel kauerte, wurde von dem Notarzt und seinem Team versorgt. Er bekam ein schnell wirkendes Beruhigungsmittel injiziert, welches ihm für einige Stunden einen entspannten Blick auf die Sachlage bescherte.

„Ach du Scheiße!" Die Beamten vom KDD waren zwar von ihren Kollegen des Schutzdienstes auf das Schlimmste vorbereitet worden, doch das, was sie nun in der Wohnung vorfanden, übertraf auch ihre schlimmsten Befürchtungen. Nachdem der Notarzt eine unklare Todesursache auf der Todesbescheinigung vermerkt hatte, riefen die Beamten des Kriminaldauerdienstes zur Unterstützung das LKA 41. Die Arbeit des KDDs war beendet. Die Beamten der Mordkommission Hamburg übernahmen nun die weiteren polizeilichen Ermittlungen. Ein Todesermittlungsverfahren sollte klären, ob der Tote selbst seinen Tod fahrlässig oder vorsätzlich verursacht hatte oder ob er doch durch Fremdverschulden – wie vermutet – zu Tode gekommen war. Für die Dauer der Untersuchungen wurde der Leichnam des Mannes beschlagnahmt.

Die Mordkommission, Beamte des LKA 41, rückte kurze Zeit später mit der Spurensicherung in der Wohnung Paul Wagenschneiders an, um sich selbst ein Bild von der Lage in der Wohnung zu machen. Die Spurensicherung sichtete die Wohnung äußert gründlich nach Fingerabdrücken und Spuren einer nicht auszuschließenden Gewalttat. Zwei Kollegen des LKA 41 kümmerten sich um die Befragung der Nachbarn Paul Wagenschneiders.

Kriminalhauptkommissar Heinze vom LKA 41 begutachtete den aufgeblähten männlichen Toten, der nackt in einem Lederoverall steckte. Ein grünes Sekret sickerte durch die Auflagefläche des Rückens des Toten und hatte bereits das Laken und die Matratze des Bettes eingenässt. Beides war verfärbt und schimmerte bunt. Die Beamten des 41. Reviers berichteten ihren Kollegen, dass das Sekret bereits durch die Wohnzimmerdecke des Mieters unter ihm gesickert war. Heinze rümpfte die Nase unter seinem Mundschutz. Der Geruch war furchtbar und nahm ihm den Atem. Zum Glück hatte er sich seine Minzcreme für die Nase mitgenommen. Die Fenster der Wohnung waren alle geschlossen. Die hoch stehende, durch die Fenster scheinende Sommersonne heizte ordentlich ein. Sie erzeugte ein warmes, leicht feuchtes Tropenklima. Die Bullenhitze in der Wohnung trieb ihm den Schweiß aus allen Poren. Er mischte sich mit dem Geruch des Erbrochenen des Hausmeisters und mit dem süßlichen Geruch des Todes. Der Gestank war kaum zu ertragen.

„Ist schon jemand von der Staatsanwaltschaft da?", fragte Heinze.

„Nein, die kommen nicht, haben wohl Wichtigeres zu tun", erwiderte einer seiner Kollegen.

„Na dann …" Heinze machte auf seinen in Überzügen eingepackten Schuhen kehrt und inspizierte Paul Wagenschneiders

Wohnung. Die Kollegen der Schutzpolizei hatten die Fenster geschlossen vorgefunden und nichts in der Wohnung angefasst oder verändert. Nach der Aussage seiner Kollegen war ihnen beim Eintritt in die Wohnung fast die Luft weggeblieben. Recht hatten sie. Heinze schnaufte laut. Es waren zwei Fragen zu beantworten. Zum einen, warum keiner der Mitbewohner den widerlich penetranten Verwesungsgeruch wahrgenommen hatte. Zum anderen, wie das Sekret durch eine Betondecke durchsickern konnte. Heinze legte seine Stirn in Falten. *Der Gestank muss doch jemandem aufgefallen sein. Das gibt es doch gar nicht!*

„Wer kümmert sich um den Abtransport des Toten?" Heinze sah sich um.

„Mach ich sofort", antwortete seine Kollegin Elke Greve und griff zu ihrem Smartphone.

„Elke, warte bitte mal. Ich ruf Jacob Neubert an und bitte ihn, vorbeizukommen. Er soll sich den Toten mal ansehen. Erst wenn er ihn sich angesehen hat, rufst du den Bestatter an."

„Okay, so machen wir's."

Die Kriminalbeamten waren ebenfalls nicht in der Lage, eine Fremdeinwirkung auszuschließen, und Heinze befürchtete, dass der Tote bei einem unsachgemäßen Abtransport Schaden nehmen könnte. Aus diesem Grund hatte Dietmar Heinze seinen langjährigen Freund und Leiter des Hamburger Kriminaltechnischen Instituts, den Rechtsmediziner und DNA-Spezialisten Jacob Neubert, um Unterstützung gebeten. Dieser kam der Bitte seines Freundes umgehend nach. Lediglich eine halbe Stunde später war er schon vor Ort. Zeitgleich mit Neuberts Eintreffen rief der diensthabende Staatsanwalt Kriminalhauptkommissar Heinze an. Er entschuldigte sich für sein Fernbleiben und erkundigte sich nach der Sachlage. Heinze setzte ihn ins Bild und bat ihn, die Obduktion des Toten anzuordnen.

„Selbstverständlich! Ich werde die Gerichtsmedizin umgehend mit der Obduktion beauftragen." Das Gespräch war beendet, Heinze legte auf. Mit einem Lächeln nahm Heinze seinen Freund Jacob Neubert in Empfang.

„Sorry, dass du warten musstest. Das war der Staatsanwalt. Schön, dass du es so schnell geschafft hast. Komm, ich zeig dir den Toten."

Bei der widerrechtlichen Öffnung der Wohnung hatte der Hausmeister nicht nur eine sich verflüssigende Leiche vorgefunden. Nein, er fand viel mehr, als ihm lieb war. Er hatte das Gefühl, als befinde er sich in einem Kuriositätenkabinett. Etwas Sonderbares ging von der Einrichtung des Toten aus. Er fühlte sich trotz des teuren Mobiliars, das eher spartanisch ausgefallen war, unwohl. Die Möbel waren allesamt weiß. Alles in der Wohnung wirkte steril und wenig wohnlich. Die Teppiche auf den Holzböden im Wohnzimmer hatten eine eigenartige Struktur. Und dann waren da noch die beleuchteten Glasvitrinen im Wohnzimmer. In diesen befanden sich besonders eingefasste Buchbände, die sein Interesse weckten. Als er eins der Bücher in die Hand nahm, war er irritiert. Die Bücher fühlten sich eigenartig an. Samtig und warm. Irgendwie ganz besonders. Sie schienen in Leder eingebunden zu sein. Des Weiteren lagen in den Vitrinen noch diverse Handtaschen, Geldbörsen, Masken, Gürtel, Schuhe, Handschuhe und auch Oberbekleidung. Auf den Kommoden des Wohnzimmers standen Lampen mit wunderschön durchscheinenden, einzigartigen Lampenschirmen. Auch diese schienen aus Leder oder einem lederähnlichen Material gefertigt zu sein.

„Passt bloß auf, es wäre für eure Untersuchungen doch bestimmt gut, wenn wir den Toten in einem Stück abtransportieren könnten."

„Mein lieber Heinze, an mir soll es nicht liegen! Macht ihr euren Job, und ich sehe zu, dass Paul Wagenschneider keinen Schaden nimmt. Keine Sorge, ich pass schon auf, dass er nicht auseinanderplatzt."

Der Rechtsmediziner blinzelte Heinze zu, der – wie alle in der Wohnung Anwesenden – in einem weißen Ganzkörperanzug steckte. Die Kapuze über die Haarpracht gezogen, mit Mundschutz, Schuhüberzügen und Einweghandschuhen, sahen sie aus wie weiße Mumien.

„Na ja, wenn es sich hier wirklich um Paul Wagenschneider handelt. Dass es wirklich der Mieter ist, muss sich ja erst noch bestätigen. Auf den ersten Blick würde ich sagen, der Tote liegt schon eine ganze Weile hier. Ich tippe auf sechs bis sieben Wochen. Vielleicht auch schon länger. Genaueres nach der Obduktion. Bevor du fragst, ob es sich um Fremdeinwirkung handelt – sorry, das kann ich dir auch erst später sagen. Merkwürdig ist jedoch, dass der Tote nackt in einem Lederoverall steckt und dass sich dieser kaum zersetzt hat. Dazu aber auch später mehr."

Der Tote sah grauenhaft aus! Es würde mit Sicherheit große Schwierigkeiten machen, ihn in einem Stück abzutransportieren. Heinze und seine Kollegen pressten sich ihre Handrücken an die Nase. Sie kämpften trotz ihres Mundschutzes gegen ihren aufkommenden Brechreiz an. Dennoch stürzten sie sich hoch konzentriert auf ihre Aufgaben. Mit einer Mischung aus Entsetzen, Ratlosigkeit und Ekel rissen sie ihren Blick von dem Toten los und ließen ihre Augen in der Wohnung kreisen.

Heinze dachte, er habe in seinen langen Dienstjahren schon alles gesehen. Er hatte sich getäuscht! Er hörte den Rechtsmediziner Dr. Jacob Neubert im Hintergrund fluchen.

„Mensch, passt doch auf! Ich weiß, es ist problematisch, den Körper in einem Stück anzuheben. Ich sehe selbst, dass nicht

nur der Overall, sondern auch seine freien Körperteile festkle-
ben. Doch wenn ihr ihn zu rabiat abtransportiert, reißt ihr ihn
schlimmstenfalls auseinander oder er platzt! Passt doch auf! Ihr
seht doch, dass der Kopf, dass der ganze Mann am Laken und
das Laken am Bett festklebt. Mensch, passt auf die Füße auf!
Bitte, bitte, piano, piano! Wenn alle Stricke reißen, nehmen wir
die ganze Matratze mit und kratzen ihn in unseren heiligen
Hallen vom Laken."

„Mein lieber Jacob, du kannst aus diesem Bett die Matratze
nicht einzeln herausnehmen. Es handelt sich um ein kom-
paktes Boxspringbett. Da werden wir wohl größere Geschütze
auffahren müssen. Zur Not müssen wir das ganze Bett ausein-
anderbauen. Bete zu Gott, dass das nicht nötig ist!" Heinzes
Kollegin Elke Greve schnaufte laut.

„Chef, was zum Teufel ist mit dem Toten passiert? So eine
Schweinerei habe ich noch nie gesehen!"

„Elke, ich weiß es nicht genau. Frag doch unseren Spezialisten." Heinze sah Neubert an.

„Jacob, hast du Elkes Frage gehört?"

„Nein, habe ich nicht. Entschuldigung. Was möchtest du
wissen, Elke?"

„Na ja, ich sagte Dietmar gerade, dass ich noch nie eine sich
verflüssigende Leiche gesehen habe."

„Nein? Noch nie? Was möchtest du hören? Die kurze oder
die lange Variante?", fragte Neubert, der gerne äußerst präzise
und ausführliche Antworten gab, die junge Kriminaloberkommissarin. Ohne ihr Zeit zu geben, seine Frage zu beantworten,
fuhr er fort.

„Na egal, zunächst einmal ist zu sagen, dass, um in das Sta-
dium dieser Verwesung zu kommen, die äußeren Bedingungen
ideal sein müssen. Es muss warm und ein wenig feucht sein.
Andere klimatische Verhältnisse ergeben andere Abläufe. Doch
nun zu der eigentlichen Beantwortung deiner Frage. Elke, ich

will dich nicht mit allen Einzelheiten der menschlichen Zersetzung langweilen. Also mache ich es kurz. Mit dem Tod kommen entgegen der herkömmlichen Meinung nicht sofort alle Prozesse im Körper zum Erliegen. Der Tod und der anschließende Verfall des Körpers sind interessant und natürlich. In dem Augenblick, in dem wir sterben, fängt der Verfall an. Die Verwesung verläuft in mehreren Stadien. Allerdings ist zu sagen, dass dem Tempo der Verwesung immer Umwelteinflüsse wie Temperatur und Luftfeuchtigkeit zugrunde liegen. Wenn es heiß ist, verfällt eine Leiche wesentlich schneller als bei niedrigen Temperaturen. Allerdings tragen auch Pilze und Insekten das Ihre dazu bei."

Elke Greve sah ihn interessiert an.

„Interessant. Sehr interessant", unterbrach sie seine Erklärung. Jacob Neubert fühlte sich geschmeichelt und fuhr mit seinem Monolog fort.

„Der Verfall des menschlichen Körpers beginnt kurz nach dem Tod. Das menschliche Gewebe wird erst flüssig, dann gasförmig. In den Körperhöhlen eines Leichnams entstehen durch Stoffwechselfunktionen Bakteriengase. Diese Gase wiederum bilden auf der Haut Blasen. Die Zunge sowie andere Weich- und Schwellkörper quellen durch diesen Prozess auf. Nach wenigen Wochen verflüssigt sich das gesamte Gewebe bis auf bestimmte innere Organe, die noch relativ lange unverändert und gut erhalten bleiben. Die Hautflächen unseres Toten, die auf der Matratze liegen, sind geplatzt. So konnte das sich verflüssigte Körpergewebe seinen Weg aufs Laken und letztlich auch auf den Fußboden finden. Die grünliche Verfärbung, die du hier siehst, entsteht durch den Fäulnisprozess des Toten. Bakterien zersetzen das Hämoglobin im Blut – das zieht die grünliche Färbung nach sich." Plötzlich geriet Jacob Neuberts Redefluss ins Stocken. Elke Greve hielt sich die Hand vor dem Mund.

„Elke, was ist los? Langweile ich dich?" Irritiert sah der Gerichtsmediziner sie an.

„Nein, nein, gar nicht, mir ist nicht langweilig, mir wird nur gerade schlecht. Bei deiner sehr ausführlichen Schilderung ja auch kein Wunder. Sorry. Aber sag einmal, musst du als verantwortlicher Gerichtsmediziner nicht deine Kollegen im Auge behalten? Immerhin scheinen sie Probleme mit dem Abtransport der Leiche zu haben."

„Ach was, die wissen schon, was sie tun. Wenn nicht, wissen sie ja, wo sie mich finden. Wo war ich stehen geblieben? Ach ja, die Phasen der Verwesung wollte ich dir noch erklären. Also, zunächst werden durch Enzyme vermittelte Prozesse, die ohne Mikroorganismen ablaufen können, in Gang gesetzt. Tatsächlich sind körpereigene Enzyme über den Tod hinaus aktiv. Nach dem Tod setzt allerdings relativ schnell eine Säuerung des Gewebes in den Organen und in den Körperflüssigkeiten ein. Der pH-Wert sinkt. Im Laufe der Zeit verändert sich die Farbe des Körpers. Bakterien in den Lungen und in den Eingeweiden fangen an, die inneren Organe zu zersetzen. Vielleicht ist es auch interessant für dich zu wissen, dass sich manche Bakterien bereits zu Lebzeiten in unserem Körper aufhalten. Tatsächlich sind 99,9 Prozent der Bakterien gutartig. Es gibt drei Stellen in unserem Körper, in denen wir die kleinen Einzeller mit uns rumtragen: in der Lunge, weil wir sie einatmen, auf unserer Haut und in unseren Eingeweiden. In diesen verrichten sie wirklich großartige Arbeit. Sie unterstützen dort unsere Verdauung. Andere Bakterien kommen und gehen mit jedem unserer Atemzüge. Ein Teil unseres Erbguts kann übrigens auf Bakterien zurückgeführt werden. Unser Körper ist zu Lebzeiten ein Superorganismus der nur deshalb funktioniert, weil die kleinen Einzeller dem großen komplexen Vielzeller helfen. Na ja. Wie dem auch sei. Nach dem Tod setzen die Zellen organisches Material frei. Die vorhandenen Bakterien in unserem Körper vermehren sich explosionsartig. Wenn das passiert, wird auch der Geruch der Verwesung, der sich bei der bakteriellen Zersetzung der Haut und des Körpers im Inneren bildet, durch Gase, die sich durch unsere Körperöffnungen verflüchtigen, freigesetzt. Ein anderer Teil trägt dazu bei, dass sich der Körper aufbläht. Manchmal platzt er sogar. Dieser Prozess kommt übrigens durch die Auflösung der Zellen in Gang. Du hast ja hier ein gutes Beispiel. Tote Körper haben keine Immunabwehr mehr. Durch die fehlende Abwehr kann der Vorgang der Verwesung beginnen. Eines ist so sicher wie das Amen in der Kirche, am Ende bleibt von einem Menschen nur das Skelett übrig. Sag mal Elke, was ist bloß los mit dir? War dir meine Erklärung zu bildlich?", fragte Jacob Neubert Elke Greve besorgt, die sich eine Beweismitteltüte aus der auf dem Boden stehenden Tasche eines Kollegen der Spurensicherung fingerte, da sie das Gefühl hatte, sich übergeben zu müssen. Entschuldigend klopfte Dr. Neubert ihr auf die Schulter.

„Ach Elke, du wirst dich im Laufe deines langen Berufslebens bestimmt noch daran gewöhnen."

Ihr Brechreiz verflog, ohne dass sie sich übergeben musste. Erleichtert schweifte Elke Greve gedanklich ab. *Puh! Ganz schön harter Tobak. Auf was habe ich mich da nur eingelassen? Wollte er seine Erklärung nicht kurz halten? Allerdings muss ich zugeben, dass das, was er von sich gibt, durchaus sehr interessant ist. Ich erinnere mich, dass ich schon einmal irgendwann etwas über den Verfall von Menschen nach dem Tod gehört habe. Es soll ja in Amerika ein Freiluftgelände geben, auf dem wissenschaftliche Studien an Leichen betrieben werden. Ich meine, dass das Gelände „Bodyfarm" genannt wird. Google ich mal. Gibt bestimmt auch einen Clip auf YouTube. Wenn ja, schaue ich ihn mir mal an. Muss mich ja abhärten.*
Mitfühlend sah Jacob Neubert Elke Greve an.

„Na, geht's wieder?"

„Ja, es geht wieder."

„Gut, wo war ich?" Jacob Neubert sah Kriminaloberkommissarin Elke Greve tief in die Augen.

„Ach ja, dann durchdringen die Bakterien die Zellstrukturen und bewirken ihre Selbstauflösung, bis sie schließlich durchlässig werden und das flüssige Innere austritt. Die Verflüssigung des Weichgewebes wird während der Fäulnis zunächst fortgeführt und intensiviert. Darauf wird der Leichnam zunehmend entwässert. Danach tritt der Zerfall der verbleibenden Gewebsreste ein und der Endabbau der Leichenzersetzung kann beginnen. Zunächst sammeln sich im Körper Flüssigkeiten an, besonders in der Brust- und Bauchhöhle sowie in Fäulnisblasen unter der Haut. Auch die Blutgefäße werden komprimiert. Das Blut gelangt zum Herzen und von dort in die Lunge – wo es zusammen mit der Lungenflüssigkeit wegen nicht mehr vorhandenen Membranfunktionen der Blutgefäße und Lungenbläschen durch die Lungenoberfläche gepresst wird oder durch Mund- und Nasenöffnung aus dem Körper gelangt. Bei steigendem Gasdruck werden ebenfalls Darm, Magen und Blase entleert. Bei toten Schwangeren kann dieser Fäulnisprozess tatsächlich eine Geburt herbeiführen. Man nennt diesen Vorgang *Sarggeburt*. Wie dem auch sei, nach der Entwässerung steigt die Zahl der Abbauprozesse. Die Fäulnis wird nun von der eigentlichen Verwesung abgelöst. Allerdings ist das Überleben von Mikroorganismen nur bei genügend Wasser möglich. Wenn kein Wasser vorhanden ist, vermehren sie sich nicht mehr und die Verwesung kommt zum Stillstand. Beim Todeseintritt reicht normalerweise der Wassergehalt des Körpers aus, um mikrobielles Wachstum zu ermöglichen. Durch den Stoffwechsel der Bakterien entsteht zwar Wasser als Abbauprodukt, trotzdem geht viel Feuchtigkeit verloren. Aus diesem Prozess heraus kann Mumifikation folgen."

Elke Greve zeigte sich trotz ihres Brechreizes beeindruckt von Jacob Neuberts Erklärung. Ihr war beruflich schon vieles untergekommen – doch ein so aufreibender Fall noch nie.

„Hab vielen Dank für deine detailgetreue Darstellung."

„Kein Problem, gerne!"

„Sag einmal, warum bist du eigentlich hier? Ist nicht grundsätzlich der Hausarzt dafür zuständig, den Tod festzustellen und die Leichenschau vorzunehmen?"

Elke Greve hüstelte.

„Puh! Nun habe ich nach meiner abklingenden Übelkeit einen ganz trockenen Mund."

Jacob Neubert klopfte ihr erneut auf die Schulter.

„Elke, warte bitte mal, ich muss kurz unterstützend eingreifen. Ich komme gleich wieder."

Elke Greve schmunzelte, blieb aber nur allzu gerne stehen, während der Rechtsmediziner seinen Kollegen half. Nur wenige Minuten später stand er wieder neben ihr.

„So, alles gut! Meine Arbeit ist verrichtet. Zum Glück haben wir es ja doch geschafft, den Toten in einem Stück von der Matratze zu bekommen. Den Rest mache ich in der Rechtsmedizin. Falls du Zeit und Lust hast, können wir ja noch einen Kaffee zusammen trinken. Ich lade dich ein. Treffen wir uns in einer Dreiviertelstunde in der Cafeteria der Rechtsmedizin?"

„Ja, warum nicht? Hört sich nach einer sehr interessanten Location an. Woher wusstest du, dass ich Kaffeedurst habe?" Elke Greve lachte.

„Wusste ich nicht. Aber da fällt mir ein, dass ich dir noch eine Antwort schuldig bin. Grundsätzlich hast du recht. Aber bei uns in Hamburg und auch in Bremen sieht es in der Praxis so aus, dass auch der Notarzt einen vorläufigen Leichenschauschein ausstellen kann. Dieses Verfahren ist plausibel, da der vorläufige Leichenschauschein als Transportschein in die Rechtsmedizin verwendet wird, wo dann eine fachgerechte Leichenschau durchgeführt werden kann. In den anderen Bundesländern wird übrigens – so bekannt – der Hausarzt zur Feststellung des Todes hinzugezogen. Wenn allerdings der Hausarzt nicht bekannt ist, tritt der ärztliche Bereitschaftsdienst ein. Allerdings haben in diesem Fall eure uniformierten Kollegen deinen Chef um Mithilfe gebeten, der wiederum mich hinzugezogen hat, damit ich mir direkt vor Ort ein Bild von der Situation machen kann."

„Okay. Jacob, Dietmar gibt mir gerade Zeichen. Mein Typ wird verlangt. Wir sehen uns später."

Elke Greve entnahm der Gestik und Mimik ihres Vorgesetzten, dass sie das vertraglich beauftragte Bestattungsunternehmen anrufen konnte, das den Toten zur Klärung der genauen Todesursache zum Rechtsmedizinischen Institut bringen sollte. Sie zückte ihr Smartphone. Bevor sie allerdings die Nummer des Bestattungsunternehmens wählen konnte, vernahm sie im Hintergrund einen lauten Tumult. Stirnrunzelnd behielt sie das Smartphone in der Hand. Zwei Männer in schwarzen Anzügen mit farblich abgestimmten Krawatten und auf Hochglanz geputzten, blitzenden schwarzen Schuhen standen mit einem Zinksarg zum Abtransport der Leiche in der Wohnungstür bereit. Ein uniformierter Polizeibeamter versperrte ihnen den Zugang zur Wohnung.

„Ihr könnt hier jetzt nicht rein", sagte er zu den beiden Männern des Bestattungsinstituts.

„Wieso können wir nicht rein? Wir wurden gerufen!", erwiderte der kleinere der beiden Männer dem Polizeibeamten zornig.

„Tut mir leid, aber das geht nicht. Seht ihr die weiß-rote Absperrung? Der Zutritt in die Wohnung ist für Zivilisten verboten! Kein Eintritt ohne Schutzanzüge. Ihr kontaminiert uns sonst den Fundort der Leiche! Außerdem kenne ich euer Bestattungsunternehmen nicht!"

Der uniformierte Polizeibeamte drehte sich um und richtete das Wort an seine Kollegen in der Wohnung.

„Das darf ja wohl nicht wahr sein! Leute, wer von euch hat denn den Bestatter angerufen? Es weiß ja wohl jeder, dass wir im Falle eines Falles die Firma Schneider anrufen. Dilettanten!"

Kriminalhauptkommissar Heinzes Kollege von der Schutzpolizei schnaufte laut. Freundlich, aber bestimmt wandte er sich wieder den Mitarbeitern des ihm fremden Bestattungsinstituts zu.

„Sorry, Jungs, hier gibt's für euch nichts zu tun. Ihr müsst leider wieder unverrichteter Dinge abfahren."

Der Polizist ließ die perplexen Mitarbeiter des Bestattungsunternehmens stehen und schloss zur Unterstreichung seiner Aussage die Wohnungstür. Als wieder Ruhe in der Wohnung eingekehrt war, rief Elke Greve den vertraglichen Bestatter an. Sie bat die Mitarbeiterin am Telefon, den Toten abholen zu lassen, um ihn in die Rechtsmedizin zu bringen. Im Institut für Rechtsmedizin in Hamburg Eppendorf sollte der Tote von dem Rechtsmediziner Jacob Neubert obduziert werden.

Elke Greve schaute auf ihre Armbanduhr.

„So, meine Lieben, ich würde mich gerne verabschieden. Bin verabredet."

Kriminalhauptkommissar Heinze nickte ihr zu.

„Geh nur. Wenn wir deine Unterstützung brauchen, melden wir uns."

„Was zum Henker ist DAS? So was habe ich ja noch nie gesehen! Guck dir mal die Glasvitrinen an! Der Tote scheint auf Trophäen zu stehen", sagte ein Kollege Heinzes, der sich nicht an den Sammlerstücken in den Vitrinen stattsehen konnte.

„Sieht so aus, als ob sie aus Leder gefertigt sind. Was meinst du, Dietmar? Kannst du dir vorstellen, dass der ganze Klimbim in den Vitrinen aus Leder gefertigt worden ist?"

„Vorstellen kann ich mir vieles. Der Mann stellt in seiner Wohnung seine Sammlerobjekte aus. Was ist daran verwerflich? Mein lieber Jens, halt den Ball flach. Wir haben lediglich einen männlichen Leichnam in einem Lederoverall. Ganz ehrlich, ich denke, wir haben im Moment andere Probleme."

Mit der Verwendung von Hightechgeräten und technischen Arbeitsmitteln schien der Tote sich sehr zurückgehalten zu haben. In der Wohnung gab es keine Hinweise auf einen Computer. Auch einen Laptop oder ein Tablet waren nicht vorhanden. Unterstrichen wurde seine offensichtliche Elektronikverweigerung durch eine alte Industrienähmaschine im Wohnzimmer. Lediglich eine stylische, hochwertige Bose-Stereoanlage und ein 60 Zoll großer 3-D-Fernseher, der dekorativ an der Wohnzimmerwand hing, widersprachen diesem Bild.

Post schien der Tote ebenso wenig bekommen zu haben wie Besuch. Außer Werbesendungen, die ihren Weg trotz des aufgeklebten Hinweisschildes „Bitte keine Werbung" in den Briefkasten gefunden hatten, fanden Heinze und seine Kollegen weder Briefe in der Wohnung noch im Briefkasten Paul Wagenschneiders.

Mit Schreibblöcken bewaffnet, fragten die zwei Kriminalbeamten des LKA Hamburg alle Mieter des Hauses nach dem Mieter Paul Wagenschneider aus. Die Beamten gaben den Bewohnern zu verstehen, dass jedes scheinbar noch so unbedeutende Detail wichtig war. Beide hinterließen bei den Bewohnern ihre Visitenkarten. Die Befragung der Nachbarn verlief zu ihrem Verdruss nicht zufriedenstellend.

Nachdem der Erkennungsdienst alle Spuren gesichtet, aufgenommen und auf verwertbare Fingerabdrücke untersucht hatte, konnten sie zur kriminaltechnischen Untersuchung mit ins Labor genommen werden. Dort würden die Spuren akribisch untersucht und abgeglichen werden. Jedes scheinbar noch so unbedeutende Detail konnte sich als relevant herausstellen. Als die Beamten ihre Arbeit in der Wohnung des Toten verrichtet hatten, wurde diese abschließend versiegelt.

Paul Wagenschneider hatte wie ein Schatten in dem Haus gelebt. Selbst von seinem auf derselben Etage lebenden Nachbarn wurde er nicht vermisst. Ein Fakt, der wohl auch der Anonymität der Siedlung und des Hochhauses geschuldet war. Hier war jeder ausschließlich mit sich selbst beschäftigt.

Kriminalhauptkommissar Dietmar Heinze war enttäuscht. Eine Fremdeinwirkung ließ sich zu dem jetzigen Zeitpunkt nicht ausschließen. Gut, dann war das so. Aber er hatte sich von den Befragungen mehr erhofft. Paul Wagenschneider schien ein Geist gewesen zu sein. Niemand hatte ihn je bewusst zu Gesicht bekommen. Keiner konnte sich an ihn erinnern.

Spurensuche

Etwa zur gleichen Zeit wurden im Großraum Schleswig-Holstein, in der Landeshauptstadt Kiel und in Winsen an der Luhe gehäutete Leichen gefunden. Wenige Tage später wurde im Hinblick auf den vorraussichtlich großen Umfang der Ermittlungen und aufgrund eines dringenden Verdachts in einer Sitzung der führenden Kriminalbeamten und der involvierten Staatsanwälte eine länderübergreifende Sonderkommission gebildet. In der Besprechung wurde weiterhin entschieden, dass die Ermittlungen rund um den in Hamburg gefundenen Toten in Kiel zusammenlaufen sollten. Die Zuständigkeit fiel laut der leitenden Staatsanwältin der Kripo Kiel zu. Die Staatsanwältin glaubte einen Zusammenhang zwischen dem Leichenfund in der Hamburger Wohnung und der Vielzahl der gefundenen gehäuteten Leichen in Kiel, im weiträumigen Kieler Umland und in Winsen an der Luhe zu erkennen.

Der Mordkommission Kiel wurde – unterstützt durch Beamte der Todesermittlungen K11 – für die Dauer des Ermittlungsverfahrens die Leitung des Falls übertragen. Die SOKO 13/17-Haut unter der Leitung des Kriminalhauptkommissars Jan Blumental wurde ins Leben gerufen. Künftig würde eine zehnköpfige Ermittlungsgruppe in dem aufsehenerregenden Fall ermitteln. Blumentals Sonderkommission setzte sich aus seinem eigenen vierköpfigen Team sowie aus drei ihm bereits bekannten und geschätzten Kollegen des Hamburger LKA 41 zusammen, nämlich Kriminalhauptkommissar Heinze, Kriminaloberkommissarin Elke Greve und Kriminaloberkommissar Walter Steinkerber. Außerdem gehörten noch drei Jan Blumental bisher unbekannte Kollegen der Kripo Winsen an der Luhe zum Team dazu.

Die Hamburger Kriminalkommissare und ihre drei Kollegen aus Winsen an der Luhe waren zu einem Treffen in das stadtbekannte Polizeirevier „Blume" einbestellt worden. Als die Hamburger Kriminalkommissare und ihre niedersächsischen Kollegen fast zeitgleich auf dem Revier eintrafen, fanden sie Jan Blumental in seinem Büro tief in Akten versunken an. Er sah sich Unterlagen ungeklärter Todesfälle an, bei denen Leichen mit deutlichen Verstümmelungen aufgefunden worden waren. Explizit die Fälle, bei denen Toten große Hautflächen fehlten, interessierten ihn.

Er hatte von der Entscheidung, als Kopf einer länderübergreifenden Sonderkommission eingesetzt zu werden, erst kurz vor dem Eintreffen seiner Kollegen erfahren. Seine Gefühlswelt geriet nach dem Gespräch mit der Staatsanwältin ins Wanken. Zu dem Hochgefühl, der Leiter einer der spektakulärsten Fälle Deutschlands – zumindest im Jahr 2017 – zu sein, mischten sich Zweifel. Eine Sonderkommission aus drei Bundesländern würde bestimmt jede Menge Gelegenheiten für das Austragen persönlicher Befindlichkeiten geben. Er hoffte, dass seine Befürchtungen sich nicht bestätigten.

Blumental kam nach der Begrüßungs- und Vorstellungsrunde des SOKO 13/17-Haut-Teams sofort zur Sache. Er bat Kriminalhauptkommissar Heinze, die Kollegen der Sonderkommission auf den aktuellen Stand der Erkenntnisse zu bringen.

Die Staatsanwaltschaft, vertreten durch Dr. Klaus Neumann, wollte schnellstmöglich Ergebnisse, um aus den Schlagzeilen der Printmedien herauszukommen. Ihnen allen war klar, dass die Ermittlungen und die Aufklärung des Falls etliche Rundum-die-Uhr-Arbeitstage bedeuten würden. Die Wochenenden inklusive! Zu wichtig war eine lückenlose Ermittlung. Zu viele

Menschen hatten ihre Haut verloren, zu viele Menschen trauerten um ihre Angehörigen.

Dr. Herbert Meyer verrichtete seinen Beruf mit Leib und Seele. Bereits während seines Medizinstudiums war ihm klar, dass er in die Forensik wollte. Mittlerweile war er schon seit mehr als fünfundzwanzig Jahren in Amt und Würden. Sein Arbeitsalltag war meist weniger spektakulär, als man durch die vielen Krimis und Fernsehfilme irrtümlicherweise vermittelt bekam. Er war mehr als ein Rechtsmediziner – er war *der* leitende Rechtsmediziner in Schleswig-Holstein. Er leitete seit fünfzehn Jahren das Rechtsmedizinische Institut im UKSH in Kiel. Er war kein Fachidiot, sondern durchaus kollegial und gesellig. Er war geschätzt und gefragt. Oft wurde er von Tatortermittlern zu den Orten der Verbrechen beziehungsweise an die Fundorte der Leichen gerufen. Er sah es als seine Aufgabe an, eng mit der Polizei zusammenzuarbeiten. Ohne eine Spur von Arroganz zeigte er den Polizisten allzu oft schnell auf, in welche Richtung sie ihre Ermittlungen aufzunehmen hatten.

Herbert Meyer betrieb seine forensischen Untersuchungen im Auftrag der Polizei oder der Staatsanwaltschaft. Er war sehr engagiert und unterrichtete zusätzlich auch an der Christian-Albrechts-Universität zu Kiel die Fächer Forensik, Kriminaltechnik und Rechtsmedizin. Er war dankbar, dass man ihm dort die Chance gab, sein Wissen an junge, interessierte Studenten weiterzugeben zu dürfen. Doch auch weltweit fand seine Forschung in der DNA-Analyse Aufmerksamkeit, er war eine Koryphäe auf diesem Gebiet. Seine Überzeugung war: *Jeder Täter hinterlässt Spuren bei seinem Verbrechen ... man muss sie nur finden!*

Am Ende eines langen Korridors, an einer schweren Stahltür angekommen, hielt er Jan Blumental und dessen Kollegen

Martin Wagner die Tür zum Sektionssaal auf. Dort wurden sie bereits von Herbert Meyers junger Kollegin, dem anwesenden Staatsanwalt Dr. Neumann und dem süßlich penetranten Geruch des Todes am Arbeitsplatz des Rechtsmediziners erwartet.

„Mein lieber Blumental, der Hamburger Tote, der uns heute Morgen aus der Rechtsmedizin des Universitätsklinikums Hamburg-Eppendorf zugestellt wurde, ist eines natürlichen Todes gestorben", kam der Rechtsmediziner nach einer kurzen Begrüßung der Anwesenden ohne Umschweife gleich zur Sache.

„Nach meiner Obduktion schließe ich eine Fremdeinwirkung aus. Allerdings ist etwas anderes sehr brisant. Der Lederanzug, in dem der Tote steckte, ist aus Menschenhaut gefertigt. Er hat sich dieses ‚Designerstück' sehr fachmännisch selbst gefertigt oder fertigen lassen. So, nun kommt's, meine Lieben! Ich hoffe, ihr kotzt mir jetzt nicht den Boden voll. Zu den weiteren Leichen aus der Kieler Innenstadt und unseren Vororten sowie aus Winsen an der Luhe kann ich schon Folgendes sagen: Diesen armen Teufeln wurden ihre Hautstücke bei lebendigem Leib abgezogen. Zum Glück sind sie vorher betäubt worden! Aufgrund meiner ersten Untersuchungsergebnisse kann ich euch sagen, dass die Faszien gekonnt gelöst wurden. Fakt ist: Ein Laie schafft diese Eingriffe definitiv nicht! Zum Sezieren werden medizinische Vorkenntnisse benötigt. Ein ‚Hobbychirurg' hätte nie so sauber und gekonnt arbeiten können."

„Was wurde gelöst?"

„Die Faszien, also die Weichteilkomponenten des Bindegewebes.

Noch einmal. Derjenige, der das getan hat, wusste sehr genau, was zu tun ist, und hatte anscheinend Vergnügen an seinem Handeln. Er hat sich beim Enthäuten viel Zeit gelassen."

„Was für ein Irrsinn! Du, Herbert, da kommt mir ein Gedanke! Dietmar Heinze erzählte mir gestern am Telefon, dass er und seine Kollegen den Eindruck gehabt hätten, viele lederne oder lederartige Dinge in der Wohnung des Toten entdeckt zu haben. Kann es sein, dass es sich bei den Sachen um Gegenstände aus Menschenhaut handelt? Ich habe mir gestern die Bilder, die die Spusi geschossen hat, noch einmal ganz genau angesehen. Die Sammlung sieht schon ziemlich schräg aus."

„Na klar, das wäre möglich! Menschenhaut ist ein Leder. Es hat tatsächlich die gleiche Beschaffenheit wie jedes andere Leder auch."

„Hm, ich habe da so einen Verdacht. Ich werde sofort die Hamburger Spusi anrufen. Die sollen sich noch einmal auf den Weg in die Wohnung unseres Toten machen und alles, was den Eindruck erweckt, aus Leder gefertigt worden zu sein, einsammeln und im Hamburger Kriminaltechnischen Institut zur Untersuchung abliefern. Ich rufe auch gleich noch mal Jacob Neubert an und werde ihn informieren, dass viel Arbeit auf ihn zukommt."

Der Staatsanwalt nickte Blumental zustimmend zu. „Bin dabei!"

Nachdem die Kieler Staatsanwaltschaft die Beschlagnahme der Gegenstände angeordnet hatte, trafen eine Stunde später die Ermittler der Spurensicherung in der Wohnung Paul Wagenschneiders ein. Vorsichtig tüteten sie die augenscheinlich aus Leder gefertigten Sammlergegenstände aus den Glasvitrinen ein. Doch nicht nur die. Sie nahmen des Weiteren auch alle Gegenstände aus der Wohnung mit, deren Material sie nicht zweifelsfrei zuordnen konnten. Die kriminaltechnischen Untersuchungen im Labor würden entweder den unglaublichen Verdacht von Kriminalhauptkommissar Blumental bestätigen oder entkräften. Im Labor würden in jedem Fall alle Spuren – auch die bereits gesichteten – noch einmal akribisch untersucht werden. Jedes noch so unbedeutend scheinende Detail könnte sich als relevant herausstellen. Im Hamburger Kriminaltechnischen Institut unter der Leitung des DNA-Spezialisten Dr. Jacob Neubert standen den hoch qualifizierten Sachverständigen und Wissenschaftlern Apparate zur Verfügung, mit der sie fast jede Erbsequenz – so sie menschlichen Ursprungs war – analysieren und gegebenenfalls rekonstruieren konnten. Diese hochwertige Verfahrenstechnik ermöglichte es Dr. Neubert und seinem Team, der Polizei schnelle und sichere Ergebnisse zu übermitteln. Anhand der menschlichen DNA war binnen kurzer Zeit vieles abzuleiten – von der Haar- und Augenfarbe, dem Alter, der Körpergröße bis zur Frage der Nationalität.

Einen Tag später stand Kriminalhauptkommissar Jan Blumental erneut mit seinem Kollegen Martin Wagner, dem Rechtsmediziner Herbert Meyer und einem seiner Kollegen in einem Seziersaal, in dem eine gehäutete männliche Leiche auf dem Obduktionstisch lag. Gerade als Herbert Meyer eine Redepause einlegte, klingelte Blumentals Smartphone. Jacob Neubert war am anderen Ende der Leitung und wollte ihn über seine ersten Untersuchungsergebnisse in Kenntnis setzen.

„Sorry, Herbert, ich weiß, dass du das nicht magst. Aber es ist wirklich wichtig!"

„Kann schon sein. Geh aber bitte dennoch nach draußen!"

Zähneknirschend setzte sich Jan Blumental in Richtung Ausgang in Bewegung.

„Jacob, warte bitte mal. Ich bin gerade im Seziersaal. Herbert hat mich gerade des Raumes verwiesen. Ich gehe mit dir nach draußen."

„Recht hat er!" Jacob Neubert lachte.

„So, ich bin draußen. Nun bitte noch einmal."

„Also, pass auf. Noch ist nicht alles untersucht. Aber fast … und die Gegenstände, die wir bisher untersucht haben, sind definitiv aus Menschenhaut gefertigt. Stell dir vor, sogar für einige Polsterbezüge und auch für diverse Lampenschirme ist Menschenhaut verarbeitet worden. An einem Lampenschirm fanden wir tatsächlich einige gut erhaltene Tätowierungen und eine gepiercte Brustwarze."

Als Jacob Neubert aufgelegt hatte, ging Jan Blumental in den Saal zurück, um Herbert Meyer und seinen Kollegen über die neuesten Erkenntnisse zu unterrichten.

„Herbert, Martin, ich lag mit meiner Vermutung richtig. Mein Bauchgefühl hat mich nicht getäuscht! Alle bisher untersuchten Sammlerstücke aus den Glasvitrinen und auch einige Gegenstände der Wohnungseinrichtung sind aus Menschenhaut gefertigt worden."

Jan Blumental machte eine kurze Pause, bevor er fortfuhr. „Noch sind allerdings nicht alle Gegenstände untersucht. Aber viele. Jacob Neubert sagte mir unter anderem, dass die Spurensicherung die Industrienähmaschine, von der Heinze uns erzählt hatte, zur Untersuchung bei ihm abgegeben hat. Und wisst ihr was? Die Analyse ergab, dass auf der Nähmaschine, die im Wohnzimmer des Toten stand, tatsächlich Menschenhaut verarbeitet wurde." Blumental sah in die betroffenen Gesichter seiner Kollegen. Er sammelte sich kurz und richtete dann das Wort an Herbert Meyer.

„Sag einmal, Herbert, kannst du dich mit Jacob Neubert kurzschließen? Ich möchte euch bitten zu überprüfen, ob der Overall, in dem der Tote steckte, auch auf der Maschine genäht wurde. Das könnt ihr doch, oder?" Jan Blumental holte nach seiner Frage tief Luft.

„Ja klar, das können wir. Ich rufe Jacob umgehend an, nachdem ihr euch auf den Weg gemacht habt."

„Mensch, ich bin wirklich gespannt, ob die Hamburger alle Hautfragmente zweifelsfrei identifizieren können!"

„Das will ich hoffen!" Herbert Meyer legte seine Stirn in Falten.

„Hast du eine Ahnung, wie das Kriminaltechnische Institut die ‚Besitzer' der bisher gefundenen Häute aus der Hamburger Wohnung finden will?" Blumental sah Meyer fragend an.

„Zunächst wird geschaut, was die DNA-Analysen mit dem Langzeitvermisstenregister auswerfen. Ich bin da allerdings ganz zuversichtlich. Kniffelig wird es, wenn es in dem Register keinen Treffer gibt. Dann müssen wir weitersehen."

„Leute, Leute, dabei können meine Kollegen und ich euch doch auch helfen! Ebenso wie wir euch bei der Zuordnung der Personalien des Toten und der anderen Leichen helfen können, könnt ihr nach den Abschlüssen unserer Untersuchungsergebnisse beziehungsweise den DNA-Analysen einen Abgleich mit den Vermisstenlisten machen. Bevor wir allerdings einen Abgleich machen können, kommt noch viel Arbeit auf unsere Teams zu. Wir müssen uns dransetzen und die Gewebe der Toten analysieren. Wir hier in Kiel machen uns gleich an die Arbeit. Ich denke, dass Jacob Neubert mit seinem Team in Hamburg neben den DNA-Bestimmungen der Häute auch einen Abgleich mit den Vermisstenlisten machen wird."

Der Rechtsmediziner Herbert Meyer strahlte Zuversicht aus, während er behäbig an den Obduktionstisch, auf dem die im Verwesungsprozess weit fortgeschrittene Leiche aufgebahrt lag, schritt.

„Herbert, sag einmal, zurück zu deiner Aussage: Bei lebendigem Leib die Haut abgezogen. Du hast doch zu viele Horrorfilme gesehen, oder?"

„Mein lieber Jan, du solltest mich wirklich besser kennen. Als ob ich darüber scherzen würde! Mir wäre es auch lieber, die Menschen wären erst post mortem gehäutet worden. Aber die

Leichen, die ihr mir angeliefert habt, deuten auf etwas anderes hin. Der Täter hatte Spaß an dem, was er gemacht hat. Er hat sich Zeit gelassen. Doch zum Glück haben die Menschen während des Eingriffs nicht gelitten." Blumentals Gesicht blieb regungslos. Er war mit seinen Gedanken schon weiter.

„Nun, da klar ist, dass einige, vielleicht auch alle Sammlerobjekte aus Menschenhaut gefertigt sind, können doch vorhandene Leberflecke, markante Brustwarzen, Narben und Tattoos dem Kriminaltechnischen Institut in Hamburg Ermittlungsansätze geben – oder nicht?"

Herbert Meyer sah Kriminalhauptkommissar Blumental fragend an.

„Mein Lieber, ganz so einfach, wie du es dir vorstellst, ist es nicht. Sicherlich erleichtern markante Körpermerkmale die Zuordnung bei der Identifizierung der Menschen, deren Häute ihr in der Wohnung des Toten gefunden habt. In jedem Fall machen sie es dem Team um Jacob Neubert einfacher, die Besitzer der Häute im Abgleich mit der Vermisstenkartei des BKA zu finden. Allerdings setzen wir in der DNA-Analyse in erster Linie auf Gewebeuntersuchungen. Genug DNA-Material liegt den Spezialisten des UKE-Hamburg ja vor. Zum Glück sind wir inzwischen aber auch so weit, dass wir selbst kleinste Gewebeteile auch noch nach Jahren postmortaler Liegezeit erfolgreich untersuchen und zuweisen können.

Tja, mein Lieber, ihr könnt froh sein, uns zu haben. Wir DNA-Analytiker sind seit Mitte der 80er-Jahre eure schärfste Waffe im Kampf gegen das Verbrechen." Herbert Meyer zwinkerte Jan Blumental grinsend zu.

Nach dem Besuch in der Rechtsmedizin war Kriminalhauptkommissar Blumental immer noch sehr bewegt. Er konnte und wollte nicht recht glauben, was die Gerichtsmediziner ihm gesagt hatten. Er hatte in seiner langen Laufbahn schon einiges gesehen und gehört – doch so einen Fall hatte es im Raum Schleswig-Holstein – beziehungsweise im gesamten norddeutschen Raum, wahrscheinlich sogar in ganz Deutschland – noch nicht gegeben. *Warum können Menschen nur so grausam sein?* Blumental schüttelte den Kopf. Gemeinsam mit seinem Kollegen verließ er die Rechtsmedizin.

„Manchmal hasse ich unseren Job! Wir arbeiten fortwährend an Mordfällen. Für jeden Fall, den wir abschließen, öffnen sich gefühlt zwei neue. Ich könnte kotzen. Weißt du, wir sehen in unserem Beruf die schlimmsten Dinge, zu denen der Mensch fähig ist. Da müssen wir, die die Monster jagen, gut auf uns aufpassen, damit wir selbst nicht abstumpfen. Erst recht, wenn wir uns in deren Köpfe einklinken, um sie zu fangen. Leider stellen wir allzu oft fest, dass es sehr schwer ist, ihnen immer einen Schritt voraus zu sein. Und wenn man denkt, es geht nicht schlimmer, täuscht man sich leider oft. Eins habe ich nämlich im Laufe meines langen Berufslebens erfahren müssen: Schlimmer geht immer!"

Dr. Jacob Neubert wartete zwei Tage nach der Übergabe der ungewöhnlichen Sammlergegenstände in seinem Arbeitszimmer auf Kriminalhauptkommissar Blumental und dessen Kollegen aus Hamburg und Niedersachsen. Jacob Neubert war in einen Artikel eines Schweizer Kollegen vertieft, als er aus der Ferne leise Stimmen vernahm. Müde blickte er von seinem Rechner auf. Mit einem angedeuteten Lächeln winkte er Jan Blumental, Dietmar Heinze und Martin Wagner in sein Büro.
„Moin Jan. Hallo Dietmar, hallo Martin. Wir haben nun alle Sammlerstücke aus den Glasvitrinen, die Teppiche, Sitzmöbel, Lampenschirme, diverse Kleidungsstücke – also den

gesamten Hausrat – untersucht." Der Rechtsmediziner räusperte sich.

„Fast alle Gegenstände sind aus Menschenhaut beziehungsweise – haltet euch fest – aus Menschenhaar gefertigt worden! Jan, wie ich dir schon am Telefon sagte, wurde auf der Industrienähmaschine Menschenhaut genäht. Sie weist tatsächlich eine Menge menschlicher DNA auf. Es besteht kein Zweifel! Wir überprüfen jetzt, ob wir zunächst von dem Overall und später von den anderen Häuten Fingerabdrücke nehmen können, und wenn ja, ob wir diese dem Toten aus der Wohnung zuordnen können. Falls wir Zellen einer Fremdperson finden, müssen wir diese vom Overall trennen. Bei einem Nachweis bemühen wir uns um einen leichten Abklatsch der Abdrücke. Wir haben uns schon Gedanken gemacht, wie wir die Zellen der Opfer von denen des mutmaßlichen Täters trennen können. Letztlich sind wir auf die Idee gekommen, sie mit Klebefolie abzunehmen, in der Hoffnung, dass wir mit der Folie mehr als fünf Prozent aufgelagerte Hautzellen abnehmen können und die noch mit der Oberfläche verbundenen Zellen zurückbleiben. Wir erhoffen uns so einen Selektionseffekt in Bezug auf die locker anhaftenden Hautzellen des Täters."

Jacob Neubert atmete tief durch.

„Anschließend", fuhr er fort, „müssen wir die Hautpartikel unter dem Mikroskop einzeln absammeln, typisieren und mit dem Genotyp der Leichen vergleichen. Das wird eine sehr aufwendige Arbeit, die, davon ist bei der Menge auszugehen, einige hundert Analysen erforderlich machen wird. Mein lieber Jan, ich bitte dich, dich in Geduld zu üben. Bitte erwarte von uns keine schnellen Ergebnisse. Aber sag einmal … der ‚Sammler' wird die Häute ja kaum in seiner Wohnung zur Verarbeitung hergerichtet haben. Habt ihr im Badezimmer oder in der Küche des Toten Metallbehälter – zum Beispiel Zinkwannen oder irgendetwas in der Richtung – gefunden?"

„Nein."

„Habe ich mir schon gedacht. Das wäre auch ein zu großer Schweinkram. Außerdem würde es mit einer unangenehmen Geruchsbildung einhergehen. Habt ihr denn schon einen Anhaltspunkt, wo er die Häute hergerichtet hat? Die Laugen und Säuren muss er ja irgendwo deponiert haben. Die Lederherstellung durchläuft ja doch einige Prozesse. Wie schon gesagt … ich bin der Meinung, er muss Behälter aus Metall für seine Wasserwerkstatt benötigt haben. Zum Lagern und Konservieren der Häute würde sich ein Gefrierschrank gut eignen. Zum Zwischenlagern hat ihm vielleicht auch ein Kühlschrank gereicht. Er brauchte allerdings Platz zum Ausbluten und Trocknen der Häute."

„Hast du eine Vorstellung, wonach wir suchen müssen?"

„Ich könnte mir einen gefliesten Lagerraum oder Ähnliches vorstellen."

„Danke für deinen Tipp!"

„Gerne." Der Rechtsmediziner stand von seinem Stuhl auf, ging um seinen Schreibtisch herum, klopfte Kriminalhauptkommissar Blumental kameradschaftlich auf dessen Schulter und schritt mit seinen hünenhaften 1,92 Metern großen Schrittes voraus aus seinem Büro – in der Erwartung, dass Jan Blumental und dessen Kollegen der SOKO 13/17-Haut ihm unaufgefordert folgen würden. Für Neubert war das Gespräch an dieser Stelle beendet. Er hatte zu tun.

„Mensch, super! Ich kann mich nur wiederholen. Habt vielen Dank für eure großartige Unterstützung." Blumental verstand als Erster den Wink und erhob sich ebenfalls von seinem Stuhl, um ihm in Richtung Büroausgang zu folgen. Jacob Neubert blieb zu Blumentals Überraschung vor seiner Bürotür stehen, um ihm noch einige Informationen zukommen zu lassen.

„Jan, hast du noch einen Augenblick Zeit?"

„Ja klar!"

„Jan, wir gehen schon einmal raus. Martin und ich gehen eine rauchen. Wir warten am Auto auf dich."

„Geht in Ordnung, Dietmar. Bis gleich."

„Jan, ich möchte dich bitten, nicht zu euphorisch zu sein. Es gibt noch sehr viel zu tun. Noch haben wir es nicht geschafft! Ohne die Vollständigkeit der Leichen sind die Identifizierungen sehr schwierig. Wir geben natürlich wie immer unser Bestes! Genug DNA-Material haben wir ja. Aber, wie gesagt, sowohl die Abnahme der Fingerabdrücke als auch die anschließende Zuordnung der DNA sind wahre Herkulesaufgaben!" Der Rechtsmediziner verabschiedete sich mit einem: „So, ich muss jetzt aber wirklich los! Ich melde mich bei dir, wenn wir was gefunden haben!" Er drehte sich um und ging den langen Flur entlang in entgegengesetzter Richtung. Am Ende des Flurs öffnete er eine schwere Holztür und verschwand hinter dieser. Jan Blumental sah ihm nachdenklich hinterher. Dann verließ er das Gebäude der Rechtsmedizin. Dietmar Heinze und Martin Wagner warteten schon am Auto auf ihn.

Kein Zweifel!

Die Untersuchungsergebnisse im Todesfall Paul Wagenschneider lagen Kriminalhauptkommissar Blumental bereits vierundzwanzig Stunden später vor. Tötungsdelikte wurden in der Rechtsmedizin wie immer absolut vorrangig bearbeitet. In den Kieler als auch in den Hamburger Laboratorien standen den hoch qualifizierten Sachverständigen und Wissenschaftlern Hightechgeräte der Extraklasse zur Verfügung. Doch diese waren zur Identifizierung gar nicht vonnöten. Anhand der Körpergröße, der Haarfarbe und vor allem des Zahnstatus können Personen generell identifiziert werden. Der forensischen Odontologie sei Dank!

Zur Bestätigung der Identität des Toten wurde seitens Dr. Herbert Meyer aber noch ein weiterer DNA-Abgleich und eine weitere Untersuchung des Zahnstatus angeordnet. Allerdings nur um alle Zweifel auszuräumen. Generell reichte eine Übereinstimmung aus – doch in diesem Fall wollte man ganz sichergehen. Der Fall nahm äußerst brisante Formen an. Damit kein unbescholtener Bürger in den Fokus der Justiz geriet, mussten sehr sorgfältige Untersuchungen vorgenommen werden.

Der zweite DNA-Abgleich bestätigte das bereits erzielte Ergebnis. Nun konnte das Team um Kriminalhauptkommissar Blumental einen Abgleich mit der Vermisstendatei beim Bundeskriminalamt vornehmen. Tatsächlich wurden sie fündig. Die Angaben einer Vermisstenmeldung stimmten mit dem DNA-Profil des aufgefundenen Toten überein. Der Tote war der seit Wochen vermisste Wolf Schmidt. Der Vermisstenanzeige, die der ältere der beiden Söhne aufgegeben hatte, war zu entnehmen, dass sein Bruder und er befürchteten, dass ihre

Eltern sich etwas angetan haben könnten oder Opfer eines Gewaltverbrechens geworden waren.

Laut der Vermisstenanzeige wohnte der Tote im Kieler Nobelvorort Kitzeberg. Er war verheiratet und hatte zwei erwachsene Söhne. Er arbeitete zu Lebzeiten als Partner in einer Unternehmensberatung in Kiel. Doch nicht nur Wolf Schmidt wurde vermisst. Auch seine Frau war von dem Sohn als vermisst gemeldet worden.

„Der Chef hat angerufen. Wir sollen dem Sohn, der die Vermisstenanzeige aufgegeben hat, die traurige Nachricht vom Tod seines Vaters überbringen. Unser Chef kann nicht. Er muss in die Gerichtsmedizin. Laut den Unterlagen wohnt der Sohn in der Innenstadt, direkt am Westring. Gleich neben der Hauptfeuerwache."

„Okay. Meinst du die Feuerwache gleich an der großen Kreuzung?" Nico Frank schaute von seinem Rechner auf.

„Ja."

„Na, dann wohnt er ja fast bei uns um die Ecke. Warte mal kurz, ich google schnell mal. Google Maps sagt, circa sechs Autominuten. Wir könnten die kurze Strecke aber auch gut zu Fuß gehen oder mit dem Fahrrad hinfahren ... beides wäre bei dem jetzigen Verkehr bestimmt schneller." Nico Frank grinste.

„Na komm, Schätzelein. Lass uns unsere Pferde satteln!"

„Hey ... Schätzelein? Vorsicht! Hast du meinen Namen vergessen?" Renate Kaufmann sah ihren Kollegen augenzwinkernd an.

„Komm, auf geht's, liebe Renate-Granate!", neckte Nico Frank seine Kollegin. Beide erhoben sich von ihren Schreibtischstühlen. Beim Hinausgehen schloss Renate Kaufmann die Tür hinter sich ab. Ihrer Bequemlichkeit gehorchend, stiegen sie in den gerade angekommenen Fahrstuhl ein, um die zwei

Etagen zum Ausgang hinunterzufahren. Zum Treppensteigen hatten beide keine Lust. Ihr Bewegungsdrang hielt sich – wie immer – in überschaubaren Grenzen.

„Bewegung schadet nur dem, der sie hat", war eine der Aussagen, die Nico Frank in Bezug auf sportliche Betätigungen gerne machte. Lachend verließen sie das Dienstgebäude. Nico konnte Renate gut leiden. Sie war erst vor rund eineinhalb Jahren zur Mordkommission gestoßen.

„Ich glaube, ich werde mich nie daran gewöhnen, Angehörigen von Vermissten eine Todesnachricht zu überbringen." Nico Frank kräuselte seine Nase.

„Ich auch nicht!" Renate Kaufmann zog ihr rechtes Augenlid in die Höhe. Ihr war ihr Unbehagen deutlich anzusehen.

Auf einem der Standstreifen vor ihrem Dienstgebäude suchten sie vergebens ihren Wagen.

„Wo hast du ihn denn abgestellt?"

„Keine Ahnung. Ich dachte, hier." Nico Frank lief aufgeregt auf der Straße auf und ab. Schließlich fand er den Wagen hinter einem großen Mannschaftsbus.

Nachdem sie in ihr Dienstfahrzeug eingestiegen waren, fuhren sie schweigend zur angegebenen Adresse. Das Mehrfamilienhaus, in dem Jannik Schmidt wohnte, lag direkt neben dem Gelände der Hauptfeuer- und Rettungswache der Berufsfeuerwehr Kiel. Als sie dort ankamen, sahen sie die Berufsfeuerwehr mit einem Löschzug einfahren. Sie hatten übers Radio von dem Einsatz gehört. Die Feuerwehr kam von einem Einsatz auf dem Nordmarksportfeld, das bereits seit Monaten wieder – nachdem auch der letzte Bewohner das einst vierhundertfünfzig Container große Flüchtlingsdorf Anfang des Jahres verlassen hatte – von den Sportvereinen der Region für ihre diversen Aktivitäten genutzt wurde.

Die Parkplätze direkt vor dem Mehrfamilienhaus waren alle belegt. So mussten sie sich auf dem verkehrsreichen Westring einen Parkplatz suchen. Sie hatten Glück. Gerade als sie im Rückwärtsgang von dem Gelände des Mehrfamilienhauses fuhren, fuhr ein Auto vor ihnen aus einer Parklücke.

Die Wohnanlage war einst Berufsfeuerwehrleuten als Wohnraum vorbehalten, wurde aber vor einigen Jahren dank der Wandlung der Wohnungen in Eigentum auch Privatleuten zugänglich gemacht. Wolf Schmidt – immer auf der Suche nach guten Anlageobjekten – hatte eine der Wohnungen gekauft und sie an seinen Sohn vermietet. Jannik Schmidt wohnte offensichtlich nicht alleine in der Wohnung. Ein weiterer Name stand auf dem Klingelschild. Claudia Keller. Kriminalkommissar Nico Frank drückte zweimal auf den Klingelknopf. Seine Kollegin und er mussten nicht lange warten, bis die Gegensprechanlage knackte und rauschte.

„Ja, bitte?" Jannik Schmidt schien zu Hause zu sein.

„Guten Tag, Herr Schmidt. Wir möchten gerne mit Ihnen sprechen."

„Ja … und …? Wer sind Sie?"

„Kripo Kiel. Mein Name ist Nico Frank. Ich bin in Begleitung meiner Kollegin Renate Kaufmann."

Der Türöffner wurde betätigt. Die beiden Beamten drückten die Eingangstür auf und gingen ins Haus. Jannik Schmidt bewohnte in dem Sechsfamilienhaus mit seiner Freundin eine 3-Zimmer-Hochparterrewohnung. Misstrauisch stand er in der Tür seiner Wohnung, als die beiden Beamten ins Haus eintraten.

„Herr Schmidt?"

„Ja. Bevor Sie jetzt weiterreden – Sie können sich doch bestimmt ausweisen, oder?"

„Ja, das können wir." Nico Frank holte seinen Dienstausweis aus seiner rechten Jackentasche und schaute währenddessen interessiert in die Diele der Wohnung. Die geöffnete Tür gewährte ihm einen guten Einblick. Renate Kaufmann blieb im Hintergrund, während Nico Frank sich auswies. Doch auch sie zeigte wie gewünscht ihren Dienstausweis vor.

„Danke. Man weiß ja nie. Worum geht's? Ich bin mir keiner Schuld bewusst."

„Herr Schmidt, dürfen wir bitte eintreten? Wir möchten unser Anliegen nicht an der Tür besprechen. Es geht um Ihre Vermisstenanzeige."

„O ja. Entschuldigung. Kommen Sie doch bitte rein."

Die beiden Beamten betraten die Wohnung. Jannik Schmidt schloss hinter ihnen die Tür.

„Besser ist es. In diesem Haus wohnen viele neugierige Menschen."

„Herr Schmidt, ich komme ohne Umschweife direkt zur Sache. Sie hatten vor sechs Wochen eine Vermisstenanzeige aufgegeben. Nun, wir haben einen männlichen Leichnam in einer Hamburger Wohnung gefunden. Er passt auf die Vermisstenanzeige, die Sie bezüglich Ihres Vaters aufgegeben haben."

„Was? Ist nicht möglich! Sind Sie sicher? Was sollte mein Vater in einer Hamburger Wohnung machen? Er wohnt in Kitzeberg. Warum rückt beim Auffinden eines Toten eigentlich die Kripo an? Was ist los?"

„Herr Schmidt, Sie hatten Kollegen von uns vor einiger Zeit die Haarbürsten ihrer Eltern für einen DNA-Abgleich überlassen, oder?"

„Ja, habe ich."

„War Ihr Vater im letzten Jahr bei einem Zahnarzt, um sich

sein Gebiss sanieren zu lassen? Inklusive Implantaten und Keramikkronen?"

„Ja, war er."

„Der Zahnarzt Ihres Vaters ist Dr. Friedrich Hey aus Laboe?"

„Ja. Dr. Hey aus Laboe", wiederholte Jannik Schmidt monoton.

Nico Frank holte tief Luft.

„Der Abgleich des Zahnschemas sowie der DNA-Abgleich mit der uns überlassenen Haarbürste Ihres Vaters ergeben zweifelsfrei, dass der in der Hamburger Wohnung gefundene Tote Ihr Vater ist. Es tut mir sehr leid."

„Ich glaube, Sie irren sich! Was sollte er denn in einer Hamburger Wohnung machen? Da gehört er doch gar nicht hin!", sagte Jannik Schmidt verstört.

Nico Frank überging Jannik Schmidts Einwand und stellte ihm die nächste Frage.

„Herr Schmidt, Sie haben nicht nur Ihren Vater, sondern auch Ihre Mutter als vermisst gemeldet, richtig?"

Nico Frank war anzusehen, dass er sich unwohl fühlte. Er war im gleichen Alter wie Jannik Schmidt.

„Ja. Mein Bruder und ich vermissen unsere Eltern. Haben Sie auch unsere Mutter gefunden?"

„Nein, haben wir leider noch nicht."

„Ich möchte ihn sehen."

„Herr Schmidt, wir möchten Ihnen den Anblick des Toten ersparen. Wir würden Ihnen dringend davon abraten."

„Ich möchte ihn aber sehen! Ist das ein Problem? Kann ich oder kann ich nicht?"

„Natürlich können Sie. Es ist nur kein schöner Anblick. Wie gesagt, wir würden Ihnen dringend davon abraten. Behalten Sie ihn lieber so in Erinnerung, wie Sie ihn zuletzt gesehen haben."

Stille.

„Ja, vielleicht haben Sie recht."

„Herr Schmidt, wir haben einen Ring dabei, den Ihr Vater an seiner rechten Hand getragen hat. Erkennen Sie ihn wieder?" Nico Frank zeigte Jannik Schmidt eine kleine transparente Plastiktüte, in dem ein schmaler Platinring gut zu erkennen war. Jannik Schmidt sah den Ring und bekam weiche Knie.

„Ja, es ist sein Ring. Meine Eltern hatten im letzten Jahr Silberhochzeit und hatten sich neue Ringe anfertigen lassen. Meine Mutter trägt den gleichen – nur mit einem Diamanten." Jannik wurde kreidebleich. Ihm war speiübel. Er fing an zu weinen. Unter Tränen fragte er:

„Es besteht also kein Zweifel? Er ist es tatsächlich?"

„Ja." Kriminalkommissar Frank berührte Jannik Schmidt an der Schulter. Renate Kaufmann blieb weiterhin im Hintergrund.

„Wenn Sie noch Fragen haben, hier haben Sie meine Visitenkarte."

Nico Frank gab Jannik Schmidt beim Verabschieden seine Karte.

„Falls wir noch Fragen haben, melden wir uns bei Ihnen. Sollen wir noch jemanden benachrichtigen?"

„Nein, meine Freundin kommt gleich nach Hause. Danke."

Schweigend verließen die Beamten das Haus. Ohne ein Wort zu wechseln, gingen sie zum Parkplatz, stiegen in ihren Wagen und fuhren zurück zur „Blume". Beide waren aufgewühlt und hingen ihren Gedanken nach.

Bereits in der ersten Zusammenkunft der SOKO 13/17-Haut hatte Blumental eine tägliche, mindestens einstündige Morgenbesprechung bis zum Abschluss des Falls Wolf Schmidt angesetzt. Ziel war es, alle SOKO-13/17-Haut-Mitglieder auf den gleichen Stand der Erkenntnisse zu bringen. Allerdings war es durchaus auch möglich, dass aus einer Morgenbesprechung eine Mittags- oder Abendbesprechung wurde …

„Nach unserem derzeitigen Wissensstand handelt es sich bei dem in der Hamburger Wohnung aufgefundenen Toten um Wolf Schmidt. Alle diesbezüglichen Ermittlungsergebnisse habe ich euch bereits heute Morgen zukommen lassen. Auch die der Gerichtsmediziner Herbert Meyer und Jacob Neubert. Die Staatsanwältin lag also mit ihrer Vermutung richtig. Der Tote gehört alleine schon durch seinen Wohnort in unseren Zuständigkeitsbereich! Eins bereitete mir allerdings Kopfzerbrechen. Wie konnte sich das sich verflüssigende Gewebe des Toten den Weg durch eine Betondecke in die Wohnung unter ihm bahnen? Diese Frage wurde zum Glück heute Mittag beantwortet. Die Überprüfung ergab, dass der Betonfußboden im Schlafzimmer porös und rissig war. Pfusch durch Zeitmangel in der Bauphase war wahrscheinlich der Grund."

Jan Blumental hatte seinen Satz gerade beendet, als sein Kollege Waldemar seinen Kopf durch die Tür streckte.

„Jan, ich habe Hunger! Du auch? Ich hole uns was! Bäcker oder Imbiss? Was willst du?"

„Imbiss! Möchtet ihr auch etwas vom Imbiss haben?"

Blumental sah seine Kollegen aus Hamburg und Winsen an der Luhe fragend an.

„Ja, sehr gerne", entgegneten ihm drei seiner Kollegen.

„Super. Unser Kantinenfraß ist tatsächlich nicht jeden Tag unbeschwert genießbar. Ihr anderen wollt wirklich nichts? Überlegt es euch! Ich geb einen aus."

Die anderen anwesenden Kollegen der SOKO 13/17-Haut schüttelten verneinend ihre Köpfe.

„Ihr seid wohl alles Vegetarier oder – noch schlimmer – Veganer, was?" Blumental lachte.

„Na, dann müsst ihr eben hungern!"

„Ach Chef, zum Glück ist dir ja der Appetit auf Fleisch durch den Fall Haut nicht abhandengekommen. Wie immer drei Frikadellen mit süßem Senf und einer großen Portion Kartoffelsalat?"

„Unser Waldemar … Ja, wie immer! Für euch das Gleiche?" Erneut sah Blumental in die Gesichter seiner Kollegen.

„Ja, hört sich gut an!", waren sich die Kriminaloberkommissare Elke Greve, Martin Hauser und der Kriminalhauptkommissar Dietmar Heinze einig.

„Also, Waldemar, fünfmal das Gleiche. Ich gehe davon aus, für dich auch?! Geht auf mich!"

„Oh, du lädst mich ein? Klar! Bin dabei. Bis gleich!"

„Noch einmal zurück zu unserem Toten." Kriminalhauptkommissar Dietmar Heinze vom LKA Hamburg ergriff das Wort.

„Wie ihr alle wisst, fanden wir nicht nur in den fünf Glasvitrinen, sondern in der gesamten Wohnung allerlei Dinge aus Leder. Wir wissen nun auch mit Sicherheit, dass es sich bei dem Leder um Menschhaut handelt. Doch was vielleicht noch nicht alle wissen, ist, dass wir auch diverse Kleidungsstücke aus Menschenhaut gefunden haben. Auch der Overall, in dem der in der Hamburger Wohnung gefundene Tote steckte, war aus Menschenhaut!"

„Weiß man schon, wem die Haut, in dem der Tote steckte, gehört?", fragte Kriminaloberkommissar Martin Hauser aus dem LKA Niedersachsen interessiert.

„Nein, Martin, weiß man noch nicht! Aber was man bereits weiß, ist, dass das Smartphone, das wir auf der Glasablage neben seinem Bett gefunden haben, laut Provider nicht auf den Wohnungsmieter Paul Wagenschneider, sondern auf Wolf Schmidt registriert ist. Die ausgewerteten Anrufe und die gespeicherten Adressen wiesen eindeutig auf Wolf Schmidt als Gesprächs- und Anrufpartner hin. Also haben wir hier ein weiteres Indiz dafür, dass Paul Wagenschneider Wolf Schmidt ist. Auffällig oft wurde ein Name in der Anrufliste angezeigt: Björn Donner."

Dietmar Heinze war es ebenso wie Jan Blumental wichtig, dass alle Kollegen auf dem neuesten Stand der Ermittlungen waren und den gleichen Kenntnisstand hatten.

„Ja, so schaut's aus. Danke, Dietmar. So, meine Lieben, jetzt müssen wir nur noch herausfinden, wer dieser Björn Donner ist. Vielleicht kann er uns ja entscheidende Erkenntnisse zu Wolf Schmidt liefern", ergriff Blumental wieder das Wort und machte ein ernstes Gesicht.

„Ist jetzt nicht dein Ernst! Du kennst Björn Donner nicht?", fragte Kriminalhauptkommissar Dietmar Heinze seinen Kollegen Blumental ungläubig.

„Nein, woher? Müsste ich?", fragte Blumental überrascht.

„Na klar! Solltest du! Ist doch *der* Friseur in Kiel! Mal ehrlich. Du bist gebürtiger Kieler, lebst und arbeitest seit Urzeiten in Kiel und kennst Björn Donner nicht?"

Blumental sah ihn ungläubig an.

„Nein! Kennst du ihn denn?"

„Ob du es glaubst oder nicht – ja, ich kenne ihn. Und das, obwohl ich aus der Hansestadt Hamburg komme. Ich erzähle dir auch gerne, wie ich zu meiner neuen Frisur gekommen bin und wo ich Björn Donner kennengelernt habe."

„Wie, die Tolle, die du auf dem Kopf trägst, nennst du Frisur?"

„Nur kein Neid! Ich habe jedenfalls noch genügend Haare auf dem Kopf, die ich frisieren lassen kann. So, genug gefrotzelt. Kommen wir jetzt zum Wesentlichen! Wie ich im Magazin ‚KIELerleben' – lag übrigens hier in der ‚Blume' aus – gelesen habe, ist der Donner Ende Dezember vom Niemannsweg weggezogen und residiert nun seit Januar dieses Jahres mit seinem 5-Sterne-Salon in den Gemäuern des ‚Maritim Hotels'. Na, was soll ich sagen … der Artikel weckte mein Interesse. Nun, wo ich schon mal in Kiel bin und meine Frisur eine dringende Generalüberholung brauchte, habe ich mir sofort einen Termin bei ihm geben lassen. Das Ergebnis sitzt euch nun gegenüber."

Dietmar Heinze zwinkerte Blumental und seinen Kollegen zu.

„Na dann. Wen interessiert's? Was willst du mir eigentlich damit sagen? Ich finde meine Frisur völlig in Ordnung."

Beleidigt nahm Jan Blumental einen Schluck aus seinem Kaffeebecher. Die anwesenden Kollegen konnten sich einen Seitenhieb nicht verkneifen. Heinze und Blumental vernahmen ein belustigtes: „Unsere Männerdiven ..."

Blumental überging den Kommentar seiner Kollegen und sagte zu Dietmar Heinze:

„Gut, da du ihn ja schon persönlich kennengelernt hast, statte ihm doch gleich mal einen Besuch ab. So kannst du in Erfahrung bringen, in welcher Verbindung er zu dem Toten stand. Versuche alles über das Verhältnis der beiden zueinander herauszufinden. Hoffen wir, dass uns dieser Björn Donner einen Schritt weiterbringt."

Blumental wandte sich seinem Kollegen Martin Hauser aus Niedersachsen zu und wechselte das Thema.

„Sagt mal, was ist mit euch in Winsen an der Luhe? Eurer weiblichen Leiche fehlten auch große Hautstücke des Rückens? Die Bilder sprachen ja für sich. Was ich allerdings nicht in den Akten gefunden habe, ist ein Hinweis darauf, wer sie wann gefunden hat."

„Oh, das ist nicht gut! Trage ich gleich nach. Also, wie bei einigen eurer Leichenfunde in Kiel fand auch bei uns ein Tourist die übel zugerichtete Leiche. Allerdings nicht im oder am Wasser wie bei euch, sondern im Schlosspark. Grundsätzlich ist das Schloss nicht mehr zu besichtigen, außer am Tag des Denkmals. Aus diesem Grund nutzen Schulklassen und Touristen diesen Tag Jahr für Jahr zur Besichtigung der alten Wasserburg.

So auch an diesem Tag. Ein Tourist aus Leipzig fand dort die weibliche Leiche."

Nachdem Blumental die gesamte SOKO 13/17-Haut auf denselben Erkenntnisstand gebracht hatte und alle ihre Instruktionen von ihm erhalten hatten, gab er nach der Besprechung die neuesten Fakten in den Rechner ein. Die Rechner im Präsidium waren alle miteinander vernetzt, sodass jeder Mitarbeiter seiner Sonderkommission zu jeder Zeit Zugriff auf den aktuellsten Stand der Ermittlungen hatte. Der Leiter der Sonderkommission nahm diese Arbeit sehr ernst. Alle sollten immer auf dem Laufenden gehalten werden. Er grummelte innerlich ... *neueste Erkenntnisse ... als ob wir schon so viel weiter wären.*

Noch immer hatte die SOKO 13/17-Haut nicht den geringsten Anhaltspunkt auf den oder die Täter. Ganz im Gegenteil. Erneut wurde eine verstümmelte Leiche in der Kieler Förde gefunden. Wieder fand ein Urlauber die Leiche. Ein älterer Herr, der in Laboe mit seiner Familie Urlaub machte, hatte auf der Überfahrt zur Kieler Innenstadt auf einer Fähre der Fördefährlinie ÖPNV am Anleger „Bahnhof" die Leiche rund einen Meter unter der Wasseroberfläche der Kieler Förde – mit dem Kopf nach unten – treiben sehen. Seine Familie und er standen an der Reling und wollten der Fähre beim Anlegen zusehen. Nach der Sichtung des regungslosen, klar erkennbar entstellten Körpers lief er sofort zum Kapitän des Fährschiffes, um ihn auf seinen gruseligen Fund aufmerksam zu machen. Umgehend folgte ihm dieser ans Deck, um sich selbst ein Bild von der geschilderten Situation zu machen. Ein Blick auf den leblosen Körper reichte dem Kapitän aus. Ihm war klar, dass hier jede Hilfe zu spät kam. Schnell lief er zurück zur Brücke, um die Wasserschutzpolizei anzurufen, die ihren Sitz wenige

Bootsminuten entfernt, ganz in der Nähe der Landesregierung, in Düsternbrook hatte. Doch entgegen seiner Vermutung, dass die Polizei binnen weniger Minuten vor Ort sein würde, mussten sie geschlagene dreißig Minuten auf das Boot der Wasserschutzpolizei warten, da der Einsatz der Polizisten zuvor im Nord-Ostsee-Kanal gefordert war. Einige Stunden zuvor war es im Kanal zu einer Havarie eines Containerfrachters gekommen. Alle verfügbaren Beamten waren vor Ort im Einsatz. Die Reviere Kiel und Brunsbüttel mussten sich seit geraumer Zeit ihre Einsätze auf dem 99 Kilometer langen Nord-Ostsee-Kanal teilen, wodurch es hier und da zu einigen Einsatzengpässen kommen konnte. Auch Blumental wollte sich vor Ort ein Bild machen und fuhr zum Fähranleger „Bahnhof".

Nachdem die Personalien des Mannes und seiner Familie von den Polizisten aufgenommen worden waren, wurde die Leiche geborgen. Unterstützung erhielten die Wasserschutzpolizisten von der ebenfalls zu Hilfe gerufenen Berufsfeuerwehr. Gebannt schauten die Urlauber der Bergung zu. Auch auf beiden Seiten des Ufers der Kieler Förde – sowohl in Gaarden als auch auf der Seite der Innenstadt – rief die Bergung der entstellten Leiche bei vielen Schaulustigen großes Interesse hervor. Ebenfalls reckten auch einige Gäste der beiden beliebten und an diesem Tag gut besuchten Lokale, die direkt am Anleger des Hafendampfers lagen, interessiert die Hälse. Offenbar genossen sie ihren Premiumblick in vollen Zügen. Es schien, als könnten sich die Gäste der urigen Café-Bar „Blauer Engel", die auch schon dem Kieler Tatort im Jahr 2007 als Filmkulisse gedient hatte, und des gegenüberliegenden Pizza- und Pasta-Lokals „Vapiano" gar nicht sattsehen.

Eine Fügung des Schicksals war für die Gaffer, dass eine kleine Jolle auf ihre Zufahrt in das Hafenbecken der Kieler Hörn vor der Dreifeldzugklappbrücke wartete. Sie hatten Glück. Nur wenige Minuten nach der Zufahrtsfreigabe wurde die dreigliedrige Faltbrücke hochgeklappt. So hatten die vielen Pendler, Touristen und Gaffer auf beiden Seiten noch länger die Gelegenheit, das grausige Schauspiel der Leichenbergung live mitzuerleben. Selbst umherfliegende Möwen ließen sich interessiert auf den Anlegepollern nieder. Allerdings nur, bis die Zugbrücke wieder heruntergelassen wurde. Das Wetter an diesem Tag war wunderbar. Blauer Himmel und Sonnenschein satt. Die Sonne spiegelte sich auf der blauen Wasseroberfläche. Eine Kulisse, wie sie selbst in einem Hollywood-Blockbuster nicht besser hätte sein können. Viele der Umstehenden zückten ihre Smartphones und stellen ihre Fotos und Videos umgehend in allen sozialen Netzwerken und auch auf YouTube online.

Das kleine Küstenboot der Wasserschutzpolizei fuhr rückwärts an die Leiche heran. An der Hebevorrichtung, der David, wurde eine stabile Plane befestigt. Mit einem Bootshaken wurde die Plane unter der Leiche hindurchgezogen, und die Hebevorrichtung wurde mittels einer Winde angehoben. Die Beamten zogen eine stark aufgequollene männliche Leiche aus dem Wasser. Sie war übel zugerichtet. So wie sie aussah, war anzunehmen, dass sie auf ihrem Weg ins Hafenbecken auch noch in eine Schiffsschraube geraten sein musste. Die Leiche war spärlich bekleidet. Des Weiteren fehlte ihr die Haut des Oberkörpers. Wie die Haut seines Oberkörpers ausgesehen hatte, ließ sich allerdings anhand der Komplettätowierung seines restlichen sichtbaren Körpers erahnen. Dem Zeugen und seiner Familie wurden bei dem Anblick der Leiche schlecht. Die gesamte Familie übergab sich kollektiv ins Wasser.

Mit der in der Plane liegenden Leiche fuhren die Beamten der Wasserschutzpolizei zu ihrem Revier. Dort angekommen, wartete bereits der zuvor informierte Kriminaldauerdienst Kiel und das ebenfalls informierte Bestattungsinstitut Flenker auf die Schutzpolizisten, um den Leichnam fachgerecht entgegenzunehmen und diesen zur Lagerung und späteren Obduktion der Rechtsmedizin zu übergeben. Um den Zeugen und seine Familie kümmerte sich nach der Bergung ein Sanitäterteam, das ebenfalls verspätet eintraf. Ein von den Sanitätern dazugerufener Seelsorger betreute nach der Erstversorgung die Familie. Erst nachdem der Zeuge und seine Familie zu erkennen gaben, keine weitere Betreuung mehr zu benötigen, zogen die Helfer ab.

Der für die Zeit der Bergung gesperrte Fähranleger wurde nach der Leichenbergung wieder für den Schiffsverkehr freigegeben.

Einige Stunden nachdem Beamte der Tatortsicherung die Leiche von dem Bestattungsinstitut Flenker direkt zur Kieler Rechtsmedizin hatten bringen lassen, bekam Blumental einen Anruf des Rechtsmediziners Herbert Meyer.

„Der Fundort ist definitiv nicht der Tatort, wenn ich die Strömung, das Gewicht der Leiche, die Außen- und die Wassertemperatur zugrunde lege."

„Könnt ihr schon Angaben zum Todeszeitpunkt machen?"

„Aufgrund der stark ausgeprägten Waschhautbildung ist davon auszugehen, dass der Eintritt des Todes einige Zeit zurückliegt. Letztlich kann der Ausprägegrad allerdings nur vorsichtige Hinweise auf die Wasserliegezeit geben. Der Tote lag zu lange im Wasser. Aber was ich mit Sicherheit sagen kann, ist, dass er ermordet wurde. Der Mann wurde mit vier Messerstichen in die Brust umgebracht. Die Haut seines Oberkörpers wurde ihm post mortem abgezogen, und erst nach der Häutung wurde er in die Förde gestoßen."

„Hm. Bin gespannt, was Neubert herausfindet. Müsste sich

ja bald mal melden. Ist nun auch schon einige Zeit her, dass wir bei ihm waren.“

Kriminalhauptkommissar Blumental wurde durch das Klingeln seines Smartphones – das mit voller Lautstärke die Titelmelodie der „Miss Marple“-Filme abspielte – unsanft aus seinen Gedanken gerissen.

„Blumental.“

„Ich bin's, Jacob Neubert. Auf dem Overall, den der Hamburger Tote trug, sind tatsächlich auf beiden Häuten Fingerabdrücke nachzuweisen.“

„Auf beiden Häuten?“

„Ja, der Overall wurde nicht nur aus einer Haut, sondern aus zwei Häuten gefertigt. An der DNA-Zuordnung sind wir ebenso dran wie an dem Abgleich der weiteren uns vorliegenden Hautfragmente. An zwei Häuten aus dem Hamburger Fundus haben wir tatsächlich schon Fingerabdrücke gefunden. Wie auch immer – wir bleiben am Ball.“

Jacob Neubert hörte Blumental leise ins Mikrofon des Smartphones schnaufen.

„Geht's dir gut?“

„Ja, ja, danke dir!“ *Endlich kommen wir voran!*, dachte Blumental.

„Moin, moin Blumental, wir sind hier fast durch." Nico Wöhr, der Leiter der Tatortsicherung, nickte Kriminalhauptkommissar Blumental freundlich zu.

„Sag einmal, habt ihr irgendetwas gefunden?"

„Was sollen wir gefunden haben?"

„Na ja, ich denke da zum Beispiel an einen Ausweis, einen Führerschein oder Inhalte aus den Hosentaschen oder sonst etwas, anhand dessen wir die Leiche identifizieren können. Vielleicht auch irgendetwas anderes, was uns weiterhelfen könnte?"

„Nein, nichts!"

„So ein Mist!"

Blumental war ratlos. Es gab keine Anhaltspunkte auf den Täter oder das Motiv. Schlimmer noch. Mal wieder gab es weder Augenzeugen noch Verdächtige.

Wieder in seinem Büro angekommen, rief er seine SOKO-13/17-Haut-Kollegen zu einer außerplanmäßigen Teambesprechung zusammen, um sie schnellstmöglich auf den neuesten Stand der Ermittlungen zu bringen.

„Wir haben wieder eine Leiche gefunden. Wieder fehlt ihr ein Teil der Haut. Wollen wir hoffen, dass die Kollegen der Kriminaltechnik etwas herausfinden."

Blumentals Hoffnung wurde erfüllt. Die Kriminaltechniker konnten tatsächlich weiterhelfen.

Lediglich einen Tag nach dem erneuten Leichenfund konnten die Beamten des LKA die in Hamburg und Kiel gesicherten Fingerabdrücke und DNA-Profile an den Leichen zweifelsfrei Wolf Schmidt zuordnen. Des Weiteren war es durch DNA-Abgleiche mit den Datenbanken der Vermisstenkarteien möglich, einige beschlagnahmte Häute zu identifizieren. Kriminalhauptkommissar Blumental war sich sicher, den Täter der vielen Mordfälle in der Landeshauptstadt Kiel, der weiträumigen Umgebung und auch in Winsen an der Luhe gefunden zu haben. Er war erleichtert! Die intensive und akribische Arbeit seiner SOKO 13/17-Haut sowie der Rechtsmediziner Neubert und Meyer war nach aufreibenden Wochen endlich von Erfolg gekrönt. Die Fäden liefen mehr und mehr bei Wolf Schmidt zusammen. Wolf Schmidt konnte nach dem Stand der jetzigen Ermittlungen und der Untersuchungsergebnisse der Rechtsmediziner nachweislich mit vier Leichen in Verbindung gebracht werden. Man vermutete aber, dass er für noch mehr Morde verantwortlich war.

Am selben Tag bahnte sich ein weiterer Erfolg an. Eine junge Mutter beziehungsweise ihr vierjähriger Sohn fand beim Spielen am Mönkeberger Strand ein blutiges Schlüsselbund im Sand. Umsichtig gab sie das Schlüsselbund bei der nächsten Polizeiwache ab. Bezeichnend war, dass Mönkeberg nur einen Katzensprung von Wolf Schmidts Wohnort entfernt lag. Der diensthabende Schutzpolizist fuhr gemeinsam mit einem Kollegen zu dem betreffenden Standabschnitt. Vor Ort fanden sie sichtbare Schleifspuren vor – wenn auch nach Wochen nur noch schwach erkennbar. Sie konnten einen Gewaltakt nicht ausschließen. Die Beamten baten den Kriminaldauerdienst um Unterstützung.

Es gab keinen Zweifel. Blumental und seiner SOKO 13/17-Haut war Fortuna hold. An dem besagten Strandabschnitt, an dem der vierjährige Junge das Schlüsselbund im Sand gefunden hatte, war die Leiche zweifelsfrei ins Wasser geworfen worden. Blumental war mit zwei Kollegen und der Tatortsicherung zu der vom KDD beschriebenen Stelle gefahren. Der am Anfang des Fördewanderwegs gelegene Strand, der zu dieser Jahreszeit wenig besucht war, wies an einer Stelle tatsächlich noch schwach erkennbare Schleifspuren auf. Des Weiteren konnten auf einer kleinen Grasfläche am Ende des Strands sowie auch auf einer großen Mole – für das bloße Auge nicht mehr sichtbare blutige Spuren nachgewiesen werden. Mit der Chemikalie Luminol und einem UV-Licht konnten diese allerdings klar erkennbar gemacht werden. Ganz offensichtlich war diese Stelle des Strands der Tatort. In einer kleinen, aber auffälligen Sandaufhäufung fanden die Ermittler dann auch noch eine blutige Lederbörse. In der Börse befanden sich mehrere Ausweise und der EU-Führerschein der Wasserleiche. Laut Personalausweis und Führerschein hieß der Mann Martin Förster, war fünfunddreißig Jahre alt und wohnte auf dem Ostufer in der Kieler Straße im Kieler Stadtteil Gaarden. Gaarden ist seit Jahrzehnten ein multikultureller Stadtteil. Einst war es ein angesehenes Kieler Arbeiterviertel, doch seit dem Werftensterben wird es mehr und mehr von muslimischen Mitbürgern, Junkies, bösen Buben und Alten bewohnt. In diesem bunten Stadtteil wohnte Martin Förster nur wenige Straßen von der größten deutschen Werft, der „ThyssenKrupp Marine Systems GmbH", entfernt. Zu Lebzeiten konnte er bei gutem Wetter aus seinem Wohnzimmerfenster die riesigen blauen Kräne der Werft sehen. Die Werft ist seit 1865 – als der Schiffbau begann – einer der größten Arbeitgeber der Region. Nicht nur U-Boote werden in dieser Werft gebaut – nein, die Werft hat mehr zu bieten. So wurde dort zum Beispiel auch die Megajacht A gebaut. Diese war Anfang Februar 2017 – nach rund fünf Jahren Bauzeit – offiziell ausgeliefert worden. Doch Martin Förster konnte aus den Fenstern und vom Balkon seiner Wohnung nicht nur die großen blauen HDW-Kräne seines Arbeitgebers sehen. Vielmehr hatte er auch einen freien Blick auf das große Feuerwerk zum Ausklang der Kieler Woche.

Wie sich im Laufe der Ermittlungen herausstellte, war die „ThyssenKrupp Marine Systems GmbH" – die sich zu ihrer goldenen Zeit „Howaldtswerke-Deutsche Werft GmbH" nannte – sein Arbeitgeber. Martin Förster war dort als U-Boot-Bauer beschäftigt gewesen.

Auffällig war der Fundort seiner Leiche. Sie wurde in der Nähe der Dreifeldzugklappbrücke aus dem Wasser gefischt.

Zwei Stunden später saß Kriminalhauptkommissar Blumental mit seinen Kollegen aus Hamburg und Winsen an der Luhe sowie dem Staatsanwalt Dr. Klaus Neumann aus Kiel in seinem Kieler Büro. Hinzugeschaltet wurden via Videokonferenzschaltung die Staatsanwältin Rebecca Meurer aus Niedersachsen und der Staatsanwalt Herbert Grönke aus Hamburg. In einer mehrstündigen Teamsitzung wurden alle Daten, Zahlen, Fakten und die ersten Erkenntnisse – auch die der Rechtsmediziner Neubert und Meyer, die die SOKO 13/17-Haut mit ihrem Fachwissen tatkräftig unterstützten – dargelegt.

„Mensch, Leute, jetzt, wo wir wissen, dass der Tote Wolf Schmidt ist, stellt sich doch die Frage, wie es möglich war, dass er in Hamburg als Paul Wagenschneider gemeldet war."

„Gute Frage. Er musste sich doch, um sich in Hamburg anzumelden, beim Einwohnermeldeamt ausweisen." Rebecca Meurer wartete auf eine Antwort und schaute dabei erwartungsvoll in die Runde der SOKO 13/17-Haut.

„Musste er. Doch er hatte die finanziellen Mittel und die nötige kriminelle Energie, um sich einen gefälschten Ausweis zu kaufen. Ist doch heute ganz einfach. Wenn ich einen brauchen würde, würde ich ihn in einem der Online-Schwarzmärkte kaufen", meldete Jan Blumental sich lautstark zu Wort.

„Okay. Ist zwar nicht zufriedenstellend – aber so könnte es tatsächlich gewesen sein!" Rebecca Meurer holte tief Luft.

„Habt ihr weitere Hinweise in dieser Richtung gefunden?", fragte der Hamburger Staatsanwalt Herbert Grönke interessiert.

„Was meinst du damit?", fragte Dietmar Heinze.

„Habt ihr einen Führerschein, einen Ausweis oder überhaupt

Dokumente mit Wolf Schmidts gefälschter Identität gefunden?" Herbert Grönke ließ nicht locker.

„Nein, nichts", antwortete Blumental.

„Allerdings hat uns das Einwohnermeldeamt seine Anmeldedaten zur Verfügung gestellt. Gewieftes Kerlchen, der Wolf Schmidt. Hat alles bis zum Ende geplant", warf Elke Greve ein.

„Ja, und? Was steht auf der Anmeldung?" Rebecca Meurer schien genervt.

„Na ja, dass er sich als Paul Wagenschneider ausgewiesen hat. Mehr nicht!"

„Mist!", waren sich Rebecca Meurer und ihr Kollege Herbert Grönke einig.

Einen Tag später, bei der Durchsicht der vor ihm liegenden Akten ungelöster Fälle, erinnerte sich Blumental an drei alte Fälle. *Mensch, vor rund vierzehn Jahren und zuletzt vor acht Jahren hatten wir doch schon einmal ähnliche Fälle auf dem Tisch. Wer kann mir da nur auf die Sprünge helfen?* Er überlegte. Alleine kam er nicht weiter! Jan Blumental hatte sich festgebissen und konnte sich trotz aller Mühe nicht an alle Einzelheiten dieser Fälle erinnern. Dann fiel ihm sein ehemaliger Partner ein. Sein damaliger Partner und Vorgesetzter war bereits seit über sieben Jahren im Ruhestand. Blumental suchte die Handynummer seines ehemaligen Kollegen in seiner Schreibtischschublade. *Verdammt, die muss doch hier irgendwo sein! Das gibt es doch gar nicht! Warum habe ich mir seine Nummer nur nicht abgespeichert?* Schließlich fand er die Nummer in einer kleinen Pappschachtel in der hintersten Ecke seiner Schublade. *Wusste ich's doch!* Er konnte die Telefonnummer auf dem Zettel gerade noch entziffern. Im Laufe der Zeit waren die Zahlen auf dem häufig benutzten Zettel verblichen. Er wählte die Nummer und hoffte inständig, dass er die Telefonnummer richtig entziffert hatte. Er hatte Glück. Nach einer kurzen Wartezeit hatte er seinen Exkollegen in der Leitung.

„Schnallenberg.“

„Hallo, altes Haus, hier ist Jan, ich habe lange nichts von dir gehört! Wie geht es dir?“

„Mensch, Jan, schön von dir zu hören! Wie lange ist unser letztes Gespräch nun schon wieder her?“

„Ich meine, neun Monate.“

„Was verschafft mir denn heute die Ehre deines Anrufs?“

„Ich wollte mal hören, wie es dir geht.“

„Oh, danke. Mir beziehungsweise uns geht es gut. Ausgesprochen gut sogar! Marion und ich genießen das Leben in vollen Zügen! Aber jetzt mal Butter bei die Fische! Ich glaube kaum, dass du anrufst, um dich nach unserem Wohlbefinden zu erkundigen. Also, raus mit der Sprache! Was ist los? Wo drückt der Schuh? Wir sitzen gerade auf der Terrasse unserer Finca in Sizilien – mach nicht so lange, sonst wird es richtig teuer für dich!“

„Okay. Ich will dich auch gar nicht lange aufhalten. Ich wühle bereits seit Stunden in ungelösten Ermittlungsakten – da fiel mir ein, dass du ein Gedächtnis wie ein Elefant hast. Erinnerst du dich noch an unsere ungelösten Fälle aus den Jahren 2003 und 2009?

Im Sommer 2009 fanden Touristen in der Kieler Förde die Leiche eines jungen kubanischen Studenten. Ihm fehlte die Haut seines Rückens. Zur selben Zeit wurde in Flensburg eine Frauenleiche – wenn ich mich recht erinnere, eine indische Ärztin – in der Nähe der A7 tot aufgefunden. Ihr hatte man die Haut ihrer Oberschenkel abgezogen. Sechs Jahre zuvor, im Jahr 2003, war einer Prostituierten die Haut vom Rücken abgezogen worden. Was fällt dir auf?“ Jan wartete die Antwort seines Freundes nicht ab und beantwortete sich seine Frage selbst.

„Richtig, allen Toten fehlte Haut.“

Markus Schnallenberg musste lachen.

„Elefant ist gut! Klar erinnere ich mich! Bei fünfzig bis sechzig Tötungsdelikten pro Jahr in ganz Schleswig-Holstein wäre es traurig, wenn mir die ungeklärten Fälle nicht in Erinnerung geblieben wären. Explizit an die Prostituierte, die wir im Juni 2003 zum Ende der Kieler Woche auf dem Hinterhof des ‚Eros Centers‘ in der Flämischen Straße im Container gefunden haben, erinnere ich mich gut. Wir hatten damals den ganzen Kieler Kiez durchforstet und auf den Kopf gestellt. In Verdacht stand zunächst ein südafrikanischer Marineoffizier – bis sich unser Augenmerk auf ihren Zuhälter richtete. Der Blödmann geriet im Zuge unserer Ermittlungen immer stärker in den Mittelpunkt. Zu dem Zeitpunkt gab's auf dem Areal noch keine Kameraüberwachung, die seine Unschuld hätte belegen können. Zu seinem Leidwesen deuteten viele Indizien auf ihn als Täter hin. Bis – ja, bis er endlich mit seinem Alibi um die Ecke kam. Ich weiß noch, seine Frau lag zum Tatzeitpunkt in der Kieler Uniklinik und brachte ihr erstes gemeinsames Kind zur Welt. Der Zuhälter hielt die ganze Zeit Händchen im Kreißsaal. Damals haben wir mit unseren Anschuldigungen gegen den Mann eine Lawine losgetreten. Seine Frau wusste angeblich nichts von seinem Doppelleben. Sie nahm an, dass er in der Kfz-Werkstatt eines Bekannten an Autos schraubte und damit ihren Lebensunterhalt verdiente.

Die beiden anderen Fälle sind mir zwar auch noch in Erinnerung – jedoch nicht mehr in allen Einzelheiten. Tut mir wirklich leid, Jan. Hm. 2009. Da war ich wohl schon im Pensionsmodus. Du hattest doch damals als mein Nachfolger in spe die Leitung der Fälle, oder?"

„Ja, das stimmt. Schade, ich hatte gehofft, du könntest dich auch noch an die letzten beiden Fälle in allen Einzelheiten erinnern. Ich erinnere mich noch relativ gut an die Fälle, jedoch fehlen mir hier und da ein paar Puzzleteile. Ich hatte gehofft, dass du mir auf die Sprünge helfen kannst. Na gut. Ich will hoffen, dass es mir wieder einfällt, wenn ich die Akten noch einmal durchgehe. Aber nun, Themenwechsel. Stell dir mal vor, wir haben in einer Hamburger Wohnung in der Großwohnsiedlung Mümmelmannsberg eine verweste Männerleiche gefunden. Das Besondere an dem Fund ist, dass der Tote in einem Overall aus Menschenhaut steckte. Aber nicht nur das. Der Tote hatte fünf beleuchtete Glasvitrinen in seiner Wohnung stehen. Alle waren von oben bis unten mit Gegenständen, die allesamt aus Menschenhaut gefertigt waren, bestückt! Doch es kommt noch dicker! Auch diverse Einrichtungsgegenstände in der Wohnung waren aus Menschenhaut oder aus Menschenhaaren." Blumental setzte seinen ehemaligen Kollegen und Vorgesetzten über Wolf Schmidts Profil ins Bild, bis er durch ein Klopfen an seiner Bürotür gestört wurde.

„Markus, warte bitte mal. Meine Hamburger Kollegin steht in der Tür und winkt mit einer Akte. Ich lege dich mal kurz beiseite."

„Moin Jan, ich habe heute einige Angehörige von Vermissten am Telefon gehabt. Die wollten von mir wissen, ob wir die in Hamburg gefundenen Häute schon identifizieren und Vermissten zuordnen konnten. Außerdem habe ich heute auch mit einigen Angehörigen unserer bereits identifizierten Gehäuteten gesprochen. Diese wünschen sich eine zügige Beisetzung. Vor einer Stunde hatte ich ein Gespräch mit unserem Staatsanwalt – er hat die Häute vor wenigen Minuten freigegeben. Ich wollte dich nur schnell informieren. Falls du später noch Fragen hast, weißt du ja, wo du mich findest. Entschuldigung für die Störung."

Leise schloss Elke Greve die Tür.

„Danke für die Info!", rief Blumental ihr hinterher.

Stirnrunzelnd nahm er den Telefonhörer wieder in die Hand.

„So, da bin ich wieder … Wir haben es mit einem Serientäter zu tun. Vielleicht hast du ja auch schon den Bericht in der Zeitung gelesen. Weißt du noch, wie es damals ablief? Warum sind wir eigentlich damals nicht von einem Serienmörder ausgegangen?"

„Muss doch alles in den Akten stehen."

„Ja, klar stehen die Fakten in den Akten – aber warum sind wir damals nicht auf einen Serienmörder gekommen? Warum haben wir nicht in diese Richtung ermittelt? Hätten wir die vielen Morde vielleicht verhindern können? Ich denke über eine operative Fallanalyse nach."

„Stopp, Jan! Bist du dir sicher, dass es derselbe Täter ist? Hast du Beweise?"

„Ach, hab ich dir das noch gar nicht erzählt? Ja, die Haut der toten Prostituierten wurde ebenfalls in der Raritätensammlung von Wolf Schmidt gefunden. Seine Fingerabdrücke wurden auf ihrer verarbeiteten Haut sichergestellt."

„Mist! Jan, mach dich nicht verrückt! Wir haben damals keinen Anlass gesehen, von einem Serienmörder auszugehen. Heute siehst du den Fall anders, da dir andere Fakten vorliegen. Zu der operativen Fallanalyse: Würde ich nicht machen. Du hast doch alles, was du brauchst. Neue Ermittlungsansätze kannst du nicht erhalten. Schau nur richtig hin. Interessant wären allerdings die Antworten auf die Fragen: Warum tickt ein Mann, der offensichtlich alles hat, wovon andere träumen, so aus? Warum hält er jahrelang die Füße still, um dann Jahre später wieder loszulegen? Was war der Auslöser? Wenn ich dir einen Rat geben darf, beiß dich nicht fest. Bring den Fall zu Ende und hol dir später ein psychologisches Gutachten! Das wird deine Fragen bestimmt beantworten und euch künftig bei ähnlich gelagerten Fällen hilfreich sein."

„Danke für deinen klaren Blick und deine Tipps. Ich wusste, dass ich auf dich zählen kann."

„Sehr gerne! Aber warte mal, du hast mich nur angerufen,

weil du meinen Rat brauchtest? Ich dachte, du wolltest in Erfahrung bringen, wie es mir geht!"

Markus Schnallenberg lächelte, tat jedoch empört.

„Du Schnackfisch! Ich wünsche Marion und dir noch eine tolle Zeit auf Sizilien. Sehen wir uns, wenn du mal in Kiel bist?"

„Nein. Wir machen es ganz anders! Wir lassen nicht noch einmal etliche Monate bis zu unserem Wiedersehen vergehen! Du kommst, wenn der Fall als erledigt zu den Akten gelegt wurde, zu uns und besuchst uns auf Sizilien. Du kannst dich in der italienischen Sonne erholen, und wir verbringen eine schöne gemeinsame Zeit. Abends sogar bei einem leckeren roten Tropfen vom Südhang."

„Hört sich gut an! So machen wir's."

Aufklärung des Falls 13/17-Haut

Wie die Ermittlungen ergaben, war Wolf ein geliebtes Einzelkind, dem es an nichts gemangelt hatte. Er war ein Wunschkind und hatte das große Glück, eine wunderbare Kindheit verleben dürfen. Ein Kindheitstrauma konnte demnach als Auslöser seiner Sammlerleidenschaft ausgeschlossen werden. Sein Vater war bis zu seinem Tod Betriebsleiter in einer Großschlachterei, seine Mutter Hausfrau. Zumindest bis er auszog und sein Vater nur wenige Jahre später verstarb. Seine Mutter war mit Anfang sechzig alleine und meinte, sich noch einmal verwirklichen zu müssen. An der Christian-Albrechts-Universität zu Kiel schrieb sie sich regulär in diversen Kursen ein. Sie wollte zum einen ihr bestehendes Wissen erweitern und zum anderen sich noch einmal beweisen.

Die Untersuchungen und Befragungen ergaben, dass Björn Donner nicht nur Wolf Schmidts Friseur war – nein, er war viel mehr! Donner war einer seiner besten Freunde. Die beiden hatten sich vor Jahrzehnten in Lübeck kennengelernt. Björn Donner war bis Ende der 90er-Jahre noch kein Friseur, sondern arbeitete als Arbeitsvermittler beim Arbeitsamt Lübeck. In dieser Funktion vermittelte er ihm immer wieder Mitarbeiter. Wolf Schmidt war damals als Zweigstellenleiter für seine Unternehmensberatung in Lübeck tätig gewesen. Aus dem Arbeitsverhältnis wurde im Laufe der Jahre eine tiefe Freundschaft. Diese hielt auch nach dem Berufswechsel Björn Donners und Wolf Schmidts Umzug – zurück in die Zentrale seiner Kieler Unternehmensberatung – an.

Blumental ging davon aus, dass Wolf Schmidt neben Mittelsmännern auch Helfer gehabt hatte. Diese wollte er ebenfalls fassen. Er wollte das gesamte „Rattennest" ausheben.

„Glaubst du, dass die abscheulichen Morde nun, wo der Hauptverdächtige tot ist, aufhören?"

„Glauben, mein Lieber, glauben ist eine Religionssache – ich weiß es."

Blumental sah seine Kollegen zuversichtlich an. Er war sich hundertprozentig sicher!

Jan Blumental ging aufgrund der Ermittlungsergebnisse davon aus, dass Wolf Schmidt der Täter war. Alle Fäden liefen bei ihm zusammen. Wie sonst war es zu erklären, dass es, nachdem Wolf Schmidt tot in Hamburg aufgefunden worden war, stiller im Land und in seinem Revier geworden war? Es waren zwar nach seinem Tod noch Leichen aufgefunden worden – jedoch waren diese laut den Autopsieberichten der Rechtsmediziner vor dem 26. August getötet und anschließend gehäutet worden.

In großen Lettern wurde Wolf Schmidt der Aufmacher in den „Kieler Nachrichten", aber auch in bekannten großen deutschen und selbst in internationalen Tageszeitungen gewidmet. *Die unglaubliche Geschichte von einem, der sich mit fremder Haut schmückte!* oder ähnliche Überschriften waren auf vielen ersten Seiten zu lesen. Für alle schien die abscheuliche Sammlerleidenschaft Wolf Schmidts ein gefundenes Fressen zu sein.

Als die Nachbarn, Verwandten, Bekannten und Wolfs Partner, Mitarbeiter und Klienten sowie Wolfs Sportfreunde die aktuelle Tageszeitung mit einem ausführlichen Bericht über Wolf zu Gesicht bekamen, waren die Reaktionen völlig unterschiedlich. Einige ahnten schon seit Langem, dass mit ihm etwas nicht stimmte, andere waren von dem Artikel völlig schockiert. Sie waren sich sicher: Hier lag ein Irrtum vor! Es blieb die Frage offen, warum Wolf Schmidt so grausam gewesen war. Was war in seinem Leben schiefgelaufen? War er ein perverses Schwein, oder steckte viel mehr dahinter? Am schlimmsten war dieser Zeitungsbericht jedoch für seine beiden Söhne. Ein Spießrutenlaufen in ihrem Umfeld begann.

Der DNA-Abgleich – dem der ältere Sohn zugestimmt hatte – brachte es an den Tag. Karins Haarbürste hatte genug Material in den Borsten, sodass eine Identifizierung zweifelsfrei möglich war. Der Overall aus Menschenhaut, in dem Wolf zum Zeitpunkt seines Todes gesteckt hatte, war aus der Haut seiner Frau genäht worden. Nicht geklärt werden konnte, ob er sie umgebracht hatte oder ob sie eines natürlichen Todes gestorben war. Die DNA-Untersuchung hatte im Vorwege bereits ergeben, dass der Overall aus zwei Häuten gefertigt worden war. Die zweite Haut konnte aufgrund eines Abgleichs mit der Vermisstenkartei ebenfalls zugeordnet werden. Während ihrer Suche stießen die Beamten auf den Namen der Vermissten Angelika Meisel. Ein Anfangsverdacht erhärtete sich. Blumental nahm diesbezüglich Kontakt zu Günther Meisel auf. Dieser gab ihm neue Hinweise in dem Fall und überließ den Beamten zum DNA-Abgleich eine Mütze mit den Haaren seiner Frau. Nur einen Tag später bestätigte sich Blumentals Befürchtung: Es stand fest, dass die zweite verarbeitete Haut im Overall Angelika Meisel gehörte. Nun galt es nur noch, ihre sterblichen Überreste zu finden.

Als Günther Meisel Blumental am Telefon berichtete, dass sie sich kurz vor einem Überraschungsbesuch bei Wolf und Karin Schmidt das letzte Mal bei ihm gemeldet hatte und er trotz aller Bemühungen seinerseits keinen Kontakt mehr zu seiner Frau hatte herstellen können, wurde Blumental stutzig. *Hm. Die damalige Fahndung verlief ja laut Ermittlungsprotokoll im Sand. Damals mag Wolf Schmidt ja geglaubt worden sein, dass*

Angelika Meisel nur kurz bei ihm war. Ich bin mir aber ziemlich sicher, dass ihre sterblichen Überreste bis heute noch irgendwo auf seinem Grundstück oder in seinem Haus sind. Er schickte zwei Kollegen seiner Sonderkommission und die Tatortsicherung noch einmal ins Haus der Familie Schmidt. Er ließ sowohl das Haus als auch den Garten komplett auf den Kopf stellen. Das Haus war sauber – allerdings fiel den Kriminalbeamten auf dem Grundstück ein frisch gepflanzter Baum auf. Die Polizisten hoben ihn aus und fanden die Überreste des Leichnams von Angelika Meisel – eingepackt in einer Plastiktüte.

Karins restliche sterbliche Überreste wurden trotz intensiver Suche nicht gefunden. Wie und wo er sie zu Grabe getragen hatte, blieb Wolfs Geheimnis.

Durch die Aufarbeitung der Mordserie war es inzwischen möglich, Wolf Schmidt neunundzwanzig Tötungsdelikte – durch Nachweis seines DNA-Materials auf den Leichen – zuzuordnen. Siebzehn nachweisbare DNA-Spuren konnten – zum Leidwesen der Beamten – nicht Wolf Schmidt zugeordnet werden.

Möglich wurden die Nachweise durch die akribische Polizeiarbeit der SOKO 13/17-Haut und den sorgfältigen Auswertungen in den Laboren der Kriminaltechnik – sowohl der Abteilung 4 in Kiel als auch in Hamburg. Alle hatten mit ihrem Knowhow maßgeblich zur Lösung des Falls beigetragen. Dennoch gab es einen Wermutstropfen. Trotz großer Anstrengung war es der SOKO 13/17-Haut nicht gelungen, Wolfs Werkstatt zur Aufbereitung der Häute zu finden.

Wenige Wochen später war es so weit. Die Polizei – der Pressesprecher des LKA Kiel – erklärte den Fall Haut als abgeschlossen. Jan Blumental folgte dem Rat seines ehemaligen Vorgesetzten und Freundes Markus Schnallenberg. Er beauftragte nach Abschluss des Falls 13/17-Haut einen Psychologen mit der Erstellung eines psychologischen Gutachtens über Wolf Schmidt. Vielleicht könnte es in späteren, ähnlich gelagerten Fällen hilfreich sein.

Nach dem Abschluss des Falls gab die Polizei Wolfs Leiche, die Haut seiner Frau und auch Wolfs Hamburger Atelier mitsamt den Einrichtungsgegenständen frei. Seine Söhne nahmen sich der Bestattung ihrer Eltern an. Mit dem Inventar aus dem Atelier ihres Vaters wollten sie nichts zu tun haben. Was sich zu Geld machen ließ, wurde verkauft.

Wolfs letzter Wille war es, auf dem Friedhof in Schönkirchen in einem Familiengrab beerdigt zu werden. Sein letzter Wille war seinen Söhnen Befehl. Wolf war in Schönkirchen aufgewachsen und wollte auch an diesem Ort beerdigt werden. Sein Leichnam und die Haut seiner Frau wurden nach der Trauerfeier in der Schönkirchener Marienkirche – die bis auf den letzten Platz in der Empore besetzt war – auf dem Friedhof des Ortes beigesetzt. Mehr als dreihundertfünfzig Menschen nahmen an der halbstündigen Trauerfeier teil. Der anschließende Trauerzug zum Friedhof – der am Dorfende Schönkirchens liegt – wurde sogar von mehr als fünfhundert Menschen bei schönstem Sonnenschein begleitet. Jeweils sechs Sargträger trugen die weißen Eichensärge. Wolf hatte auf dem Friedhof schon vor Jahren ein Familiengrab für seine Familie und sich gekauft. Seine Söhne baten in der Traueranzeige um Geldspenden statt um Blumen. Diese wollten sie dem Verein „WEISSER RING" für Opfer von Gewalt zur Verfügung stellen.

Die vielen speziellen Sammlerobjekte aus Menschenhaut – die ersteigerten beziehungsweise käuflich erworbenen Artefakte, die aus dem 19. Jahrhundert oder älter waren – wurden aus der Asservatenkammer entfernt und verbrannt, nachdem die Ermittlungen abgeschlossen waren und der Fall Haut zu den erledigten Akten gelegt werden konnte. Die zugeordneten Häute wurden den Angehörigen zur Bestattung übergeben. So konnten diese ihre als vermisst gemeldeten Angehörigen angemessen bestatten und sich verabschieden. Die siebzehn aus Menschenhaut gefertigten Artefakte, die niemandem zugeordnet werden konnten, wurden aus Respekt vor den Toten in anonymen Gräbern bestattet. So fanden auch diese Enthäuteten letztlich ihren Frieden und ihre verdiente Ruhe.

Epilog

Wolf und Karin Schmidts Söhne Jannik und Lukas hatten in dem Nachlass ihrer Eltern ein Testament gefunden, das sie nach deren Tod zu Alleinerben ihres gesamten Besitzes erklärte. Nicht nur das gemeinsame, nicht unbeträchtliche Vermögen ihrer Eltern verbesserte künftig ihre Zukunftsaussichten – nein, auch Wolfs Unternehmen in Indien fielen in die Erbmasse. Die beiden Söhne waren bei der Testamentseröffnung mehr als überrascht, als der Notar ihnen alle Konten, Zahlen und Fakten offenlegte. Die beiden kamen durch den Tod ihres Vaters zu einem Reichtum, von dem sie nicht einmal zu träumen gewagt hätten.

Mit großen Augen machten sie sich in Indien selbst ein Bild von dem Doppelleben ihres Vaters. Sie waren von der imposanten Größe der Firmen, die er sich innerhalb weniger Jahre hatte aufbauen können, stark beeindruckt. Beide waren sich schnell einig – das Familienunternehmen musste weitergeführt werden.

Nach seinem Tod erfüllte sich Wolfs sehnlichster Wunsch nach Aufmerksamkeit. Lediglich wenige Wochen nach seinem Tod berichtete ein großes bekanntes deutsches Wochenmagazin über seine ungewöhnliche Sammlerleidenschaft. Doch nicht nur die Printmedien hatten Gefallen an seiner Geschichte gefunden – auch diverse Fernsehsender wurden wochenlang nicht müde, über ihn und sein Doppelleben zu berichten. Durch die Zeitungs- und Fernsehberichte wurde ihm eine Aufmerksamkeit zuteil, die er zu Lebzeiten nie erfahren hatte.

Die Wohnung in Hamburg, Wolfs Atelier, ließ sich auch Monate nach seinem Tod trotz der großen Wohnungsknappheit in der Hansestadt nicht vermieten. Erst als die Verwaltung Flüchtlinge in die Wohnung einziehen lassen wollte, meldete sich ein junger Mann, der laut eigener Aussage Großstadtluft schnuppern wollte. Er lebte zu dem Zeitpunkt in Flensburg und wollte in Hamburg studieren. Er wollte diese Wohnung unbedingt – auch zu einem höheren Mietpreis – anmieten. Die Verwaltung war begeistert und gab ihm den Zuschlag. Der Name des Mieters war laut Namensschild über dem Klingelknopf Wolf Devi.

Wenn die Bewohner des Hauses an dem einen oder anderen Abend genau hinhörten, konnten sie das Geräusch einer Industrienähmaschine hören ...

Danksagung

Gunna, wie immer möchte ich Dir für Deine großartige Unterstützung danken!

Mein großer Dank gilt meinen Söhnen Tobias und Torben. Tobias, Dir meinen allerherzlichsten Dank für Deine großartige Unterstützung, Deine Tipps, unseren regen Gedankenaustausch und Dein Testlesen!

Torben, bei Dir möchte ich mich bedanken, da ohne Dich die Idee, diesen Krimi zu schreiben, nie entstanden wäre!

Bedanken möchte ich mich bei meinem Mann für all seine Geduld und dafür, dass er mich in jeder erdenklichen Art und Weise unterstützt und mir immer mit Rat und Tat zur Seite gestanden hat. Danke für ALLES, mein Schatz!

Bedanken möchte ich mich bei dem Pressesprecher des LKA Kiel, Uwe Keller. Herr Keller, haben Sie vielen Dank für Ihre Zeit, Ihre großartige Unterstützung während meiner Recherchen, für den Einblick in die Polizeiarbeit, die grandiosen Tipps und das Testlesen!

Mein ganz herzlicher Dank gilt meiner Freundin Angelika (Geli) Meisel, die bereitwillig ein Opfer meines Protagonisten wurde, und ihrem Ehemann Günther (Günni), der sowohl in meinem Buch als auch im wirklichen Leben als Polizist dafür sorgt, dass wir Bürger besser schlafen können. Ich danke Euch auch für Euren Einsatz als Testleser!

Bedanken möchte ich mich bei der Jurastudentin Rebecca Machert. Rebecca, hab vielen lieben Dank für Deine großartige

Unterstützung, Dein Testlesen und den tollen Gedankenaustausch!

Mein großer Dank gilt auch Sonja Singh, einer großartigen Frau, die weit über Schleswig-Holsteins Grenzen hinaus für ihre vielen Events und ihre unglaublich gute Küche in ihrem Lokal „Shahinar" bekannt ist. Sonja, ich kann Dir gar nicht genug für Deine Anregungen in meinem Indien-Kapitel danken!

Bedanken möchte ich mich auch bei Björn Donner, der sowohl im Buch als auch im wirklichen Leben als 5-Sterne-Friseur in Kiel und im Verkaufssender HSE24 mit großem Fleiß und Eifer sehr kreativ tätig ist.

Bedanken möchte ich mich bei meinem Zahnarzt Dr. Friedrich Hey, der seine täglichen Brötchen tatsächlich als niedergelassener Zahnarzt und Implantologe in seiner imposanten Praxis in Laboe verdient.

Mein Dank gilt meiner Freundin Gesa Potreck. Gesa, Du hast großartige Arbeit geleistet! Danke für Deine Zeit und Deine Geduld!

Anmerken möchte ich an dieser Stelle, dass der Fall Paul Wagenschneider der SOKO 13/17-Haut sowie alle Namen und Handlungen frei erfunden sind. Real sind allerdings die Handlungsorte und die genannten Locations.

An dieser Stelle möchte ich mich bei Christian Longardt, Chefredakteur der „Kieler Nachrichten", bei Katharina Muhr, Medienberaterin des Stadtmagazins „KIELerleben", meinem Friseur Björn Donner, der im „Maritim Hotel Bellevue Kiel" mit seinem 5-Sterne-Salon und auf dem Sender HSE 24 mit seiner eigenen Haarpflegeserie präsent ist, bei Sonja Singh und ihrem Mann Hermann, Inhaber des in Bargteheide befindlichen indischen Spezialitäten-Restaurants „Shahinar", bei Annette Werner, Leiterin vom Kieler „El Paso", bei Marco

Macke, Betriebsleiter vom Kieler „Vapiano", bei Lutz Lueck vom „Blauen Engel", bei Thomas Varwig, Direktor des 4-Sterne-Hotels „Kieler Yacht Club", bei Hamid Zirakbash, Inhaber des Restaurants „ALTE MÜHLE", bei Elke Brendel vom „Golf-Club Kitzeberg e.v.", bei Lea Doreen Buchholz, Inhaberin der Hundetagesbetreuung „Dog's Life and Style", bei Renate Plewe vom Tennisverein Schönkirchen, bei Joachim Ostertag, Geschäftsführer im „Maritim Hotel Bellevue Kiel" und bei Ralf Klemmer, geschäftsführender Gesellschafter der Miss Germany Corporation, bei Lutz Maehs und seinem Vorgesetzten vom Bestattungsunternehmen „Flenker" herzlich bedanken. Danke Ihnen und Euch für die Genehmigung, Eure/Ihre Lokale, Unternehmen, Organisationen, Vereine und Hotels namentlich benennen zu dürfen, um meinen Kiel-Krimi so realistisch wie möglich zu gestalten.

Mein Dank gilt auch Ernst Ferstl, der mir die Genehmigung erteilte, eines seiner vielen Zitate veröffentlichen zu dürfen.

Weitere Werke der Autorin

Der Wessi, der nicht in den Osten fahren durfte

Erst Aschenputtel ... Dann Prinzessin

Kleine Scheißer ... große Kerle!

Das Wasserschlösschen zur lockeren Schraube

The House of Loose Screw heads

Lasst das mal die Frauen machen!

Alle Bücher sind im Neptunikum Verlag erschienen und sind auch als E-Book im Handel erhältlich.

Alle Infos finden Sie auf: www.baerbel-kiy.de und www.neptunikum.com.

Ich freue mich auf Ihren Besuch.

Ihre Bärbel Kiy

Bärbel Kiy